文心雕龍文藝哲學新論

尤雅姿 著

臺灣 學生書局 印行

自 序

　　夏月，引領我走入《文心雕龍》教室的師父溘然遠去了，師大校園，鐸聲悠揚，老師明燦的笑顏，如風，如影，如光，自由穿梭於空中。如果，他知道我要把這十年來對《文心雕龍》的研究所得集結成書，一定會……會拍著腿，爽朗言笑，眼睛閃耀著「孺子可教也」的欣慰？還是，蹙著眉頭，嚴肅地一篇一篇審閱、沉吟？我不知道，也許都會吧！待書印成之後，我再告訴他，只是，遺憾不能當面對老師說，這本書要獻給他，感謝他「規定」我要學《文心雕龍》，賜給我一探中國古典文學理論堂廡的機會。

　　在中國傳統文學批評中，向來對哲學理據和概念內涵較缺自覺意識，因而在文論的表現上也多傾向於經驗主義的思維與印象式的即興表達；然而文學理論與文學創作不同，文學理論必須通過各種概念的形成來進行文學創作現象的總結和概括，唯有以哲學為其解說基礎，文學理論的問題才能獲得澄清。劉勰有別於藝文眾家，他的邏輯思維嚴密昭晰，且能運用概念思維分析文體的本質和文學規律，因而取得文學批評史上崇高的成就。

　　本書從藝術哲學的視角探討《文心雕龍》的形上思想、從文學本體論的角度闡述《文心雕龍》的作品結構理論、從美學探索其在生命機體的理論表現，以及「情」的概念範疇及其與審美現象的關

涉；首篇從傳統哲學範疇立論，後三篇則採借美學為據，這四篇可視為文藝哲學基調，故以此作為本書的書名。國科會對本書的三篇論文提供了研究與發表的獎助，特此致謝；其中《文心雕龍作品結構理論探微——取徑英加登之現象學文論》獲 89 年度國家科學委員會甲種學術獎勵，《《文心雕龍》的形上思想及其在文學理論上的布建與轉化》獲國科會計畫編號 NSC 93-2411-H-005-010 的補助，《「情」在《文心雕龍》中的概念結構及其與文學審美現象的關涉》則獲補助參與國際研討會，計畫編號 NSC 94-2914-I-005-004-A1。另一文是從喜劇美學觀點探討《文心雕龍·諧讔》對滑稽文學的主張，為了參考之便，忝附於此。

　　書末是紀念恩師王更生教授指導我，關懷我的往事點滴。謹此，作為出版說明。

尤雅姿序於臺中小書齋 2010.11.19

文心雕龍文藝哲學新論

目　次

第一章　《文心雕龍》的形上思想及其在文學理論上的布建與轉化

一、前言

　　形上思想是《文心雕龍》文學理論體系中的核心建設，也是劉勰對中國文學批評理論的卓越貢獻。劉勰之所以能軼古切今，建構出一個樞中所動、環流無倦的文論系統，應該歸因於他健全圓通的哲學思辨能力、清晰統貫之邏輯表述手段以及兼顧本體與現象之間的離合同異等幾個優點。

　　形上思想原是哲學範疇中的重鎮，自《易經》、《易傳》、《老子》、《淮南子》到魏晉玄學以及佛學等思想著作，皆有其各自的精要理論，但劉勰卻能別開生面，以獨創的精神，將哲學範疇中的形上思想運用在文學理論的範疇中，不但賦予文學一個崇高超越的道體做為本源，也為文學建構者——文士；和文學建構物——文章，覓得一個上體道心，下達世界的主體價值和意義。

　　在形上學的理論中，宇宙的本體通常被稱之為「道」，亦有以

「無」、「無名」、「自然」稱謂的，其所以如此命名，意在挑明「道」的超越性、絕對性、遍透性。《文心雕龍》的冠冕之作就是〈原道〉，劉勰鄭重端嚴地將它安置於五十篇之首，其重要性自然不言可喻，因此，關於《文心雕龍》的「道」的研究，向來是前賢先進著力探賾的主題，海內外學者亦多有發明。然而由於「道」是超越於經驗的絕對存在，因此無名無形無聲無色，無任何質的規定性，所以「精言不能追其極」，因此，劉勰在〈原道〉發出的第一句話，不是對「道」的意義界定，而是對「文」的表詮，即：「文之為德也大矣！」

這個對「道」遮詮的表述方式雖因為「道可道，非常道。」但卻為《文心雕龍》的「道」留下一塊混沌不明的「空」間，再加上一字多義的情況，使得作為宇宙本體的「道」，在其他語境中出現了移義、複義的用法，如道德、道理、方法、學說理論、說等多種意義❶。相對的，關於宇宙本體的「道」，劉勰也使用其他的別名，如：太極、神明、神理、道心、天道、幾神、神源、絕境、

---

❶ 《文心雕龍》全書約出現四十次「道」字，除作宇宙本體之義解外，尚有作為「道理」解的，如：「恆久之至道」（〈宗經〉）、「道味相附」（〈附會〉）；也有作「學說理論」解的，如「歸於儒道」（〈雜文〉）「諸子以道術取資」（〈才略〉）；也有作「常理」解的，如：「壓、溺、乖道」（〈哀弔〉）。此外，尚有作「道德」解的，如「經道緯德」（〈封禪〉）；亦有作「說出」解的，如：「道其哀也」（〈誄碑〉）；亦有作「原則、方法」解的，如：「矢言之道蓋闕」（〈銘箴〉）、「用此道也」（〈體性〉）。在〈原道〉，除「自然之道也」的「道」作「道理」解外，其餘「原道心以敷章」、「道沿聖以垂文」、「聖因文以明道」、「适道之文也」和「道心惟微」等的「道」，均作宇宙本體之義解。

一、寂寥、造化等❷。這使得《文心雕龍》要推原闡述的「道」更趨於恍兮惚兮，同時也導致詮釋者對「道」的理解，執守於現象界的「有」，且倚於一端，他們或釋為道家之自然，或釋為儒家之道德，或說是客觀唯物之道，或說是主觀唯心之道，亦有說是一般規律原理之道。這個莫衷一是的情況顯示一個事實，《文心雕龍》的形上思想既是值得關注的研究主題，同時也待釐清辨明。

另外，由於劉勰在〈序志〉抒發他寫作的動機源自於「夢執丹漆之禮器，隨仲尼而南行」，以及大力標榜〈宗經〉的樞紐地位，使部分學者認定《文心雕龍》所要歸原的是儒家的仁義道德之道❸。這個說法不盡然正確，因為就感夢說而言，它屬於發生歷程的動機問題，而〈原道〉是理論本身的內涵意義；再者，〈宗經〉之篇旨，所宗者是經典的寫作典範、經典的化成之功，並非儒家經典

---

❷　它們分別出現於〈原道〉：「太極」、「神明」、「神理」、「道心」；〈徵聖〉：「幾神」、「天道」；〈宗經〉：「道心」、「神」、「一」；〈正緯〉：「神道」、「天命」、「神寶」；〈明詩〉：「神理」；〈論說〉：「幾神」、「神源」、「絕境」、「寂寥」；〈麗辭〉：「造化」、「神理」。

❸　〔清〕章學誠之《文史通義·原道》可視為《文心雕龍·原道》之繼承及發揚者，〈原道中〉云：「《易》曰：『形而上者謂之道，形而下者謂之器。』道不離器，猶影不離形。後世服夫子之教者自六經，以謂六經載道之書也，而不知六經皆器也。……夫道因器而顯，不因人而名也。自人有謂道者，而道始因人而異其名矣。仁見謂仁，智見謂智，是也。人自率道而行，道非人之所能據而有也。」劉勰要原的「道」是不判不割的渾沌本體，雖然他亦推崇儒家之道，但這裡應加以分離認識，即前者是形上的「道」，後者已是諸子百家之學說，屬於形下之「器」。引文見氏著：《文史通義》（臺北：臺灣中華書局，1967年）。

的思想，故〈原道〉的道，並非是孔孟一家之道而已。

劉勰身處儒、道、佛嘗試會通合流的歷史氛圍，他的形上思想是兼容並蓄且折衷以應的立場，所以是儒、道、釋三家的思想融合❹。另外，魏晉玄學對劉勰的形上思想影響很深，當時的崇本息末說、貴無說、獨化論等的玄學本體論辯，都是他文學本體論的思想背景，這使得他對於文學現象的觀察及對文學原理的建構，能從具象上升到抽象，又能由抽象落實於具象，完成文學哲學的理論造詣。

在〈原道〉中，劉勰善用哲學範疇之「本體－屬性」概念，提煉出廣義之「文」作為宇宙萬有屬性的共相，這個「文」的意義內涵是「現象」，是「形式」，凡事物之結構形式、生發變化現象、效能作用，都是一種具體顯相，因此，「文」的範圍就是一個無限類的外延，天文、地文、人文、文字、文章，無所不包。劉勰立此廣義之文作為基礎原點，據以連貫內在的道－德－文之脈絡；並鋪展外在的宇宙－人文－文學之活動，使「文」得以包舉形式、現

---

❹ 劉勰在〈論說〉的評論可以為徵，他說：「太初之《本玄》、輔嗣之兩《例》、平叔之二《論》，並師心獨見，鋒穎精密，蓋人倫之英也。……次及宋岱、郭象，銳思於幾神之區；夷甫、裴頠，交辨於有無之域；並獨步當時，流聲後代。然滯有者，全繫於形用；貴無者，專守於寂寥；徒銳偏解，莫詣正理；動極神源，般若之絕境乎！」另在《滅惑論》也可以看出劉勰融合儒、釋的思想態度，他說：「至道宗極，理歸乎一；妙法真境，本固無二。佛之至也，則空玄無形，而萬象並應；寂滅無心，而玄智彌照。幽數潛會，莫見其極；冥功日用，靡識其然。但言萬象既生，假名遂立。梵音菩提，漢語曰道。……經典由權，故孔、釋殊教而道契，解同由妙，故漢梵語隔而化通。」

象、作用於一體,成為萬有之德,上通形而上之道,下繫形而下之器。而劉勰所以要將「文」論謂為本體與現象的中間介質,其終極目的在於圓成一個「觀瀾索源,萬流有宗」的文學系統。宇文所安在《中國文論:英譯與評論》中有言❺:

> 《原道》試圖展示文學如何誕生於宇宙的基本運作。為實現這個目標,劉勰從這樣幾個方面入手。首先,他從一個盡可能普泛的意義上來使用「文」這個詞,他把「文」的若干參照系隨意組合在一起,以便加強這樣一個觀點:「天文」(即天文學)或「地文」(即地形學)之「文」與孔子談論教化和傳統的彬彬有禮之風所使用的「文」是一個意思,同時,它與「書面語言」和「文學」也是同一個意思。……為了把「文」與宇宙秩序聯繫起來,劉勰的第二個策略是取用最權威的中國宇宙論文本《易》尤其是《繫辭傳》中的段落和句子來確立其論點。……劉勰運用這些暗示和引文來表達一個相當有獨創性的觀點……在宇宙創生、分化過程中,每一個發生的事物都表現出相應的外在形貌即「文」;這些「文」取決於它們的本質特性。……因此,從劉勰的觀點看,可以直截了當地說,「文」通過天地成型之「道」表現出來。不惟如此,劉勰還有另外的意思:「文」不僅僅是任何特殊自

---

❺　見〔美〕宇文所安著、王柏華、陶慶梅譯:《中國文論:英譯與評論》之第五章〈劉勰《文心雕龍》〉(上海:上海社會科學院出版社,2003 年),頁190、192。

然過程的結果，而且還是自然過程本身的那個可見的外在性。

本文的旨趣在於對上述的問題作出探究。論文首先述明《文心雕龍》和哲學範疇的交涉，其次蠡測《文心雕龍》的形上思想及其在文學原理上的轉化運用，文術論、創作論是分析的兩個重點，此外，亦兼及說明「自然」在《文心雕龍》中的用法並非指向「道」的本體義，也不是指自然界的「存有義」，而是作活動義、實踐義解，指事物因其自性而形生勢成的過程及其原理。最後說明《文心雕龍》和邏輯相關的思想方法運用，闡明劉勰在概念、類、命題、殊相與共相上的表述策略。

二、文心雕龍和哲學範疇的交涉

哲學思想的掌握和邏輯方法的運用，是劉勰《文心雕龍》文論體系所以能圓鑒區域，大判條例的關鍵，也是它能歷久彌新，顛撲不破的基本條件。劉勰的知識來源廣博宏富，經史子集的文獻外，佛教經典的學思培訓，亦提供他真積力久的智慧挹注；再加上他對各種學說理論的態度，又是抱持著在開放中精擇，在遍觀中折衷的原則，因此養成他握有垂帷制勝的思想法寶。

就全書所涵蓋的哲學範圍而言，《文心雕龍》涉及了形上學（metaphisics）、邏輯（logic）、倫理學（Ethics）、知識論（theory of knowledge）等四大項傳統哲學領域，至於當代新興的藝術哲學領域，或稱美學，自然是《文心雕龍》的勝場所在。由此看來，體大思精的歷史評價，洵非虛譽。

㈠形上學

形上學探討的是普遍、超越、絕對獨立存在的宇宙本體和事物內部的根本屬性及其生成發展。在中國哲學傳統中，通常以「道」此一術語來稱謂宇宙的本體，或稱「無」、「無名」；以「德」或「自然」稱萬物的屬性及其生成發展過程。《文心雕龍》的冠篇之作就是〈原道〉，卻不從道的概念界說，而從作為萬物屬性的共相——「文」發端，是因為「道可道，非常道；名可名，非常名。」（《老子》第一章），「道」既不可以言筌循迹，因此，劉勰遂以遮詮的方式解說，即不予直接而正面的說明，以免超越於現象界的「道」將在解說中矛盾地陷落於現象界。「德」是萬物得自於「道」的屬性，而「文」則是劉勰從大千世界萬有屬性中提煉出的共相。由「道」而「德」而「文」，這個過程及活動狀態，是「自然而然」地化生形成。

劉勰所以標出「文」作為萬物屬性的普遍共相，主要在為文學建構一個絕對、超越、至高無上的本原，透過「文之為德」的全稱肯定定然命題，將原是哲學範疇專擅的形上思想，過渡到文學範疇的形上思想。如此的理論脈絡，亦可以重新審問「文心雕龍」書名的構成意涵，「文心」是「道」內聚於「文」的本質；而「雕龍」是道外顯於「文」的煥綺形式。

對「道」的基本範疇和結構作論述，向來是哲學領域的重要課題，但在文學領域中，精微闡釋此一根本存在議題的研究卻很少見。劉勰以其在定林寺精修的僧院背景，賦予《文心雕龍》一種迥異於文人氣質的哲學傾向，以及嚴肅的學院派特質。他能獨具隻眼地在〈原道〉揭明文學世界中的形上意義，確實不凡。清·紀昀譽

之為：「自漢以來，論文者罕能及此。彥和以此發端，所見在六朝文士之上。」又說：「文以載『道』，明其當然；文源於『道』，明其本然。識其本，乃不逐其末。」❻劉若愚在《中國文學理論》也推崇為：「文學的形上概念在劉勰的《文心雕龍》中表現得最透徹……是形上概念的全盤發展。」❼

(二)邏輯

　　邏輯，或稱理則學，是思辨健全和論證有效的共通結構。先秦哲學中的名學和佛學的因明對於邏輯範疇中的概念、命題、推理等都有傑出的探析。這兩門學說都是劉勰建構文學理論的重要方法。《文心雕龍》對概念的論謂周延，命題的建立嚴備，能立正論，亦能破邪說，在共相與殊相、本體與屬性、一般性和特定性、類的意義層次與範圍界定等的掌握上，都能條分縷析，籠圈條貫，這是以哲學方法做為利器的效能。宇文所安認為《文心雕龍》是中國文學思想史上的「反常」之作，因為它是一部系統嚴明精良的文學論

❻　「文原於道」和「文以載道」是截然不同的兩個含義。孫蓉蓉在〈「文原於道」與「文以載道」〉一文說明兩者的不同在於：一、「原道」為明「本然」，它是從哲學本體或本原論出發來理解文與道的關係的；而「載道」是明「當然」，是從文的構成和作用上來談文與道的關係，是體用、本末、源流的關係，而「載道」中文與道的關係，是手段與目的、形式與內容的關係。二、「原道」與「載道」的「道」內涵不同。「原道」本原於事物自身發展、變化的規律，即自然之道；而「載道」的「道」則是儒家的仁義道德和政治教令。收錄於《《文心雕龍》國際學術研討會論文集》（臺北：文史哲出版社，2000 年），頁 133。
❼　見劉若愚著，杜國清譯：《中國文學理論》（臺北：聯經出版事業公司，1981 年），頁 37。

著，所以，《文心雕龍》的流傳不但從未中斷，甚至於在包羅萬象的敦煌資料中，它還是獨一無二的文學批評著作。自現代以來，由於西方傳統對系統詩學的評價甚高，所以《文心雕龍》再度受到海內外無與倫比的關注，宇文所安在《中國文論：英譯與評論》中稱譽劉勰的邏輯觀點以及其高超的解說本領，他說❽：

> 劉勰遵循常規的解說原則：追溯一個概念或文體的本原；對一個複合結構，依次展開其各個組成成分；引述重要的原始材料；創建一套結構精良的例證。……從這方面看，《文心雕龍》的修辭近似於亞里士多德的《詩學》和西方其他哲學傳統論文的正式解說程序：論述觀點的邏輯迫使理論家不得不產生某一立場，雖然該立場是方法論的強制性產物，但它往往不失為有趣的立場。

(三)倫理學

倫理學探索道德修養、倫理規範及兩者與政治社會、文化、文藝的相關理論，它討論如下的問題：人類能取得的最高目標為何？人類行為的終極目的是什麼？道德的判斷標準是什麼？在《文心雕龍》的文論系統中，劉勰將「文」界定成一個無限類的概念，除自然現象中的天文地理外，文還指涉一切的人文現象，舉凡國家的禮樂制度、政治事務、文化、文學等，盡是這個廣義的文所得以涵攝的對象。因此，《文心雕龍》論及文學的作用和功能時，就有遠大

---

❽　見宇文所安著、王柏華、陶慶梅譯：《中國文論：英譯與評論》，頁 188。

恢弘的目標,是經緯區宇,發揮事業,華身光國;是窮則獨善其身,達則利國澤民的生命任務。即使回歸到文學的基地,倫理原則的遵行,仍是文學家不能忽略的操守,〈程器〉對此有翔實的發明,主張士人應合文章、學問、道德、事業於一身。這個文學觀對後世的影響深遠;文質說是它的前身,而文德說可視為重要的繼承者。

㈣知識論

　　知識論研究知識的性質及獲得的方法。劉勰既是一位博學淹通的士人,同時也具有根柢盤固的佛學知識,因此其知識來源及方法皆精嚴深厚。佛教將真實的知識或有效的知識稱之為「真智」,而此種知識的來源則謂之為「量」,「量」有數種,如:「現量」（知覺）、「比量」（推理）、「譬喻量」（類比）、「聖言量」（證言）、「義准量」（推定）。現量指的是透過眼見、耳聞等認識作用及其所得的知識。比量是根據某一事理推知現量所不及的事情。現量說相類於經驗主義（Empiricism）對知識來源的主張,認為知識來自感官知覺（sense perception）和心靈運作的「內在知覺」（inner perception）,經由對現世事實縝密而系統的觀察,我們可以認識或習得知識。比量說相類於理性主義（Rationalism）對知識取得的看法,即知識來自於理性,演繹論證的推理方式能獲致確定的知識。「譬喻量」是透過相比較的方式,獲得知識的來源,包括有關名和所名或詞語和指稱間關係的知識。「聖言量」是由權威的陳述所構成,可以提供現量及比量所無法提供的知識,除了天啟、聖賢垂訓外,還包括認識真理的凡人。「義准量」為解釋一些矛盾現象而對未知事實所作的必要假設。《文心雕龍》的文論建設所以博大精

深，其論點和方法所以合理允當，不能不歸因於劉勰對知識論的掌握有道。

㈤藝術哲學

藝術哲學研究的是藝術的本質、藝術形式的結構原理、典範規律的確立、風格類型的區分、藝術想像與創作論、批評與詮釋的方法等主題。這一範疇正是《文心雕龍》的勝場，不論是受文之樞紐廣被的文學通則，或是文體分論中的作品研究，以及文術論、文評論、文德論等篇章，劉勰都能控引本源，振葉尋根，奠立穩健的美學原理。

㈥文心雕龍的文學哲學圖式

當代在西方文論領域中甚受矚目的《鏡與燈》，曾創設出一個廣為援用的藝術批評坐標，這個坐標由四個要素所構成一作品、作家、宇宙（由人物和行動、思想和情感、物質和事件或者超越感覺的本質（super-sensible essences）所構成）及讀者等四項。他將以上的關係簡化為一個三角形的圖式❾：

---

❾　見〔美〕M.H. 艾布拉姆斯著、酈稚牛等譯：《鏡與燈——浪漫主義文論及批評傳統》（北京：北京大學出版社，1989 年），頁 5-6。

　　將《文心雕龍》文論體系與此坐標相較，發現劉勰的理論架構非但毫不遜色，而且更有過之。在作品和宇宙的連結上，劉勰對於文學與「道」、自然物色、社會人生之間的符應關係，論述精詳，觀〈原道〉、〈徵聖〉、〈物色〉可知。在作品和作家間的論題說明上，文體論、文術論自然是重鎮所在，無須贅言。在作品與讀者的瞭解上，劉勰在文體論上的「敷理以舉統」以及〈知音〉所標的「六觀」建立了詮釋及批判的原則，足見《文心雕龍》的淵博高明，而且將〈原道〉的規模圖示化之後，更能彰顯其圓通周遍，執一總萬的優點。如今以哲學思想及方法檢視《文心雕龍》，更體悟到劉勰的規擘有方，理念崇高，實非一般文學理論所能企及，或許，稱之為文學哲學將更為貼切。

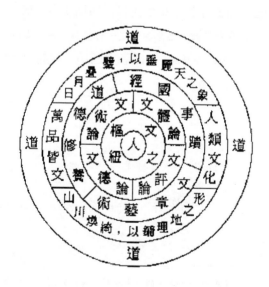

三、《文心雕龍》形上概念的集成
及其在文學理論上的轉化

《文心雕龍》的形上思想係集成先秦，兩漢的哲學理念，且又會通了魏晉玄學的有無之辨和佛教關於梵與空的相關義蘊，因此，要蠡測劉勰的形上思想，勢必要留意其「輕采毛髮，深極骨髓」的哲學傾向，才能爬梳出他「辭所不載」的「曲意密源」。故本節擬就劉勰博采的形上學說先行考察，藉以還原及界定《文心雕龍》的理論根源，並據以說明它們在文學理論上的施用脈絡。

㈠源於周易

《周易·繫辭》云：「形而上者謂之道，形而下者謂之器，化而裁之謂之變；推而行之謂之通；舉而錯之天下之民謂之事業。」《易傳》秉持著體用分離的原則，用「道」喻形而上的本體，用「器」喻形而下的現象。而對照劉勰在〈夸飾〉所彈的同調：「夫形而上者謂之道，形而下者謂之器。神道難摹，精言不能追其極；形器易寫，壯辭可得喻其真。」顯見他的形上思想有源自《周易》者，特別是來自於〈繫辭〉宇宙論的思想。

約而言之，劉勰吸收《易傳》思想並形諸於《文心雕龍》的觀念包含：認定宇宙之化生過程，是「易無思也，無為也，寂然不動，感而遂通天下之故，非天下之至神，其孰能與於此？」❿以及

---

❿　《周易·繫辭上》，〔晉〕韓康伯注曰：「夫非忘象者，則無以制象；非遺數者，無以極數；至精者，無籌策而不可亂；至變者，體一而無不周；至神者，寂然而無不應。斯蓋功用之母，象數所由立。故曰：非至精、至變、至神，則不得與於斯也。」劉勰對於「道」的概念有明顯繼承於此的傾向。見

大別宇宙之位與作用為：「在天成象，在地成形」**⓫**；故〈原道〉說：「日月疊璧，以垂麗天之象；山川煥綺，以鋪理地之形。」在天地萬物各有形象之後，「天地之文」遂得以形成，這是原初且廣義的「文」，劉勰不但繼承了這個「文」的概念，並把它冠在全書三萬九千字之首！至於森羅萬象加以類聚群分的觀念，如「方以類聚，物以群分」、「觸類而長之，天下之能事畢矣」**⓬**，劉勰除將之運用於對芸芸萬品的區分外，尚將分類繫屬的觀點實施於文學作品、文學作法、作家種類等的討論上。

其次是宇宙自然變化的觀念，此變化觀念為《周易》之理論基礎。變化觀念本是周民族占卜的思想核心，因為「易」原即是「變化」之意，六十四重卦之排列及命名，原表一變化歷程；而與「變化」觀念相配合的是「中」，「中」即是「不變」，謂現象界，不論宇宙或人生的狀態是如何地變易不息，箇中必有一「中」可資選擇，如此，在變化之間「得中」，才能往來不窮，是謂「通變」。因此「通變」的意涵有三，一是在「通」與「變」，即「常道」與「變化」之間的抗衡中運動；著重於事物在體用虛實上的對應關係。二是在「變」之中求「通」，即透過變化以求往來不窮；著重於事物以變化萬千的現象在時間中保持前進的動力。三是從參伍多元的變化項中融會完整的一元；著重於事物在在空間結構上寓一於

《十三經注疏·周易》（臺北：藝文印書館），頁154-155。

⓫ 《周易·繫辭上》曰：「在天成象，在地成形，變化見矣。」〔晉〕韓康伯注曰：「象況日月星辰，形況山川草木也。懸象運轉，以成昏明；山澤通氣，而雲行雨施，故變化見矣。」見《十三經注疏·周易》，頁143。

⓬ 分見《十三經注疏·周易》，頁143及頁154。

多的豐富性及一致性。

通變無窮的觀念遍布於《文心雕龍》全書，如〈封禪〉云：「雖復道極數殫，終然相襲，而日新其采者，必超前轍焉。」在〈序志〉劉勰表明他的理論立場是「同之與異，不屑古今；擘肌分理，唯物折衷」，具體實踐了《周易》在時空變化中靜觀以得其中的行動思維。此外，人類觀察耳目所及的大千世界，發現一切現象莫不在多重多元之中變化萬端，故〈繫辭〉云：「參伍以變，錯綜其數，通其變，遂成天下之文；極其數，遂定天下之象；非天下之至變，其孰能與於此？」❸這個參合變化以成就天地萬象之文的理念，亦為劉勰所取資，將之轉用於文章擾和著聲文、情文、形文於一體，形成文學此一錯綜著造聲、造義、造形於一身的藝術形式❹。在文術論中，劉勰明列〈通變〉主題專論在基本性質不變的情況下，發展並控制著變化，以求文學得以生生不息地無窮演進。在〈鎔裁〉則又強調：「修短有度」、「繁略直中」、「權衡損益，斟酌濃淡」，在〈章句〉提及換韻問題時亦說：「昔若折之中和，

❸ 《十三經注疏·周易》〔唐〕孔穎達疏曰：「參，三也；伍，五也。或三或五，以相參合，以相改變，略舉三五，諸數皆然也。錯綜其數者，錯謂交錯，綜謂總聚，交錯總聚，其陰陽之數也。通其變者，由交錯總聚，通極其陰陽相變也。遂成天下之文者，以其相變，故能遂成就天地之文，若青赤相雜，故稱文也。」頁154。

❹ 參〈情采〉：「立文之道，其理有三：一曰形文，五色是也；二曰聲文，五音是也；三曰情文，五性是也。五色雜而成黼黻，五音比而成韶夏，五情發而成辭章，神理之數也。」劉勰「參伍相變」的觀念運用還表現於〈章句〉：「若夫章句無常，而字數有條，四字密而不促，六字裕而非緩。或變之以三五，蓋應機之權節也」。

庶保無咎」。〈隱秀〉則一枝獨秀地採用爻象的變化來說明「隱」所表現的象外之象，言外之意。他說：「夫隱之為體，義生文外，秘響旁通，伏采潛發，譬爻象之變互體，川瀆之韞珠玉也。故互體變爻，而化成四象；珠玉潛水，而瀾表方圓。」

　　總之，劉勰吸收《周易》的思想，普遍地將「通變」理念落實於各類文體的演變、時序演變、風格演變、才性演變、文術演變等範疇上。

　　作為形而上之道的體察者，詮釋者、繼承者一聖哲，他能彌綸天下之道，制定天下之業，所以是形而上之道與形而下之器的轉播媒介，因此，〈繫辭〉關於聖哲效天法地，開物成務的人文精神，也深刻地影響了劉勰興治濟身的文學觀，除了在〈原道〉說：「原道心以敷章，研神理而設教。」及「道沿聖以垂文，聖因文而明道。」外，又在「文之樞紐」特立〈徵聖〉以闡揚聖哲「鑒周日月，妙極機神，文成規矩，思合符契」的典範；並且主張文章的功用理應推行舉錯於天下事業。〈序志〉即說：「唯文章之用，實經典枝條，五禮資之以成，六典因之致用；君臣所以炳煥，軍國所以昭明。」劉勰由聖哲典型而論君子之德，由經典之用而講文章鼓動天下的效能；《文心雕龍》就這樣紹繼著〈繫辭〉的人文襟抱和宇宙視野，因此他勸勉文士：「唯君子能通天下之志」（〈論說〉）而〈程器〉則念茲在茲於君子成務榮身的人生使命，他說：「君子藏器，待時而動，發揮事業，固宜蓄素以弸中，散采以彪外，梗柟其質，豫章其幹，摛文必在緯軍國，負重必在任棟樑；窮則獨善以垂文，達則奉時以騁績，若此文人，應梓材之士矣。」這種濟物致用的精神決定了劉勰以華實兼備、文質合一的原則規範文士，體現了

源遠流長的生命目標：以立德、立功、立言求精神生命之不朽。

至於〈繫辭〉「大衍之數五十，其用四十有九」❶的形上理念也直接體現於《文心雕龍》的成書體例，〈序志〉說：「彰乎大易之數，其為文用，四十九篇而已。」另外，劉勰在「道」的別名上，常用「神」、「神理」、「幾神」等異稱；這些意指宇宙本體的詞語及涵義，並非神秘主義，或與宗教有關，而是形容「道」的高明玄妙，他們亦得自於〈繫辭〉對道體的描述，如：「神無方而易無體」、「陰陽不測謂之神」❶。

整體而言，劉勰善繼善述《易傳》的形上思想，不論是對宇宙本體的體會，或是通變原理的轉化運用、對言－意－象的關係思量、或是他充滿人文襟懷的君子使命，以及觀摩《周易》原始以要終的體例等，都能大包大攬地施之於他所關注的文學事業領域。

㈡源於老子

先秦哲學中的道家經典——《老子》，其關於宇宙本體及天地萬有化生的重要學說，對劉勰的形上思想也具有關鍵性的影響。尤其他生逢魏晉玄學的學術風潮，崇本息末說、貴無派、崇有論、獨化論、自然說等，都先後從《道德經》的哲學展開辯論。劉勰身處

---

❶　見《十三經注疏·周易》，頁 152。

❶　〔唐〕孔穎達正義曰：「方、體者，皆係於形器者；方是處所之名，體是形質之稱。凡處所形質，非是虛無，皆係著於器物，故云皆係於形器也。云神則陰陽不測者，既幽微不可測度，不可測則何有處所，是神無方也。」頁148；又注「陰陽不測之謂神」為：「原夫兩儀之運，萬物之動，豈有使之然哉，莫不獨化於太虛。故兩而自造矣，造之非我，理自玄應，化之无主，數自冥運，故不知所以然而況之神。」頁149。並見《十三經注疏·周易》。

其境，必然也有成一家之言的學術志趣，因此他從玄學的思辨立場理解「道」、「德」、「自然」，並將它們轉化到文學範疇中，探討文學的本源、作家的才性、文體的通變、神思的虛靜、文術的妙合自然等論題。本小節將著重於劉勰在「道」的體認上得自於老子與轉化於文學的部分。至於在「自然」的論述部分，由於和魏晉玄學的關係緊密，故置於下一小節一併說明。以下就《老子》第二十五章、五十一章先作初步說明：

《老子》第二十五章：

> 有物混成，先天地生，寂兮寥兮，獨立而不改，周行而不殆，可以為天下母，吾不知其名，強字之曰道。強為之名曰大，大曰逝、逝曰遠、遠曰反。故道大、天大、地大、人亦大。域中有四大，而人居其一焉。人法地，地法天，天法道，道法自然。

《老子》第五十一章：

> 道生之，德畜之，物形之，勢成之。是以萬物莫不尊道而貴德，道之尊，德之貴，夫莫之命而常自然。故道生之，德畜之，長之，育之，亭之，毒之，養之，覆之。

　　《老子》的形上理論約可透過這兩章論述加以概括把握。老子認為作為宇宙本體的「道」，它不生不滅，不判不割，所以是寂兮寥兮，獨立而混成的狀態；且「道」雖範鑄萬物，造就形器世界，

但它卻是超越於萬物，超越於現象世界的一永恆存在，所以是「先天地生」的「天下母」。「天地」乃老子舉以概括經驗世界的用語，故從「天地」之後，即已轉入經驗世界之萬有總體，此萬有總體各有其自性，即老子所謂之「德」；若就實踐義而言，則為「自然」。故合而言之，萬象皆依於道，分而言之，道之表現乃隨事物之特殊性而異，即萬象各有其自性，此自性即為「德」，故「德」為萬象稟「道」而各有之自性❿。由此理據，亦可進一步確認「文之為德」與「原道」之間的理論間架。

曾在〈諸子〉推崇《道德經》是百氏之冠的劉勰，他將這個無形無象，卻成濟萬物，周行不殆的「道」，定為文學的本源，使文學不僅僅浮沈於現象世界而已，它因具有著抽象的形上基礎，更能和世界作上下四方的連繫和貫通，落實「道」的遠大循環性質，發揚文學可大可久的功用，而這個精神，也符應〈繫辭〉：「鼓天下之動者存乎辭。」的體認。

除此之外，將「道」立為文學理論之宗極，當有執一應萬，統之有宗，會之有元的結構策略，而這個構思也離不開宇宙本體與萬有現象的關係體認。王弼在《周易略例》有言：「夫眾不能治眾，治眾者，至寡者也。夫動不能制動，制天下之動者，貞夫一者

---

❿　王淮：《老子探義》說：「德者，性也。一物之德，即一物之性：一物之性，即一物之本質。道為萬物創生之原理，德則為萬物本質之理，萬物固由道所創生，然必各具一「本質」，乃能成其為一物，不同之物有不同之本質，故曰：『德畜之』。」（臺北：臺灣商務印書館，1982年，頁202）

也」**⑱**。

此處的「至寡」、「一」；即在指「道」，此「道」亦是劉勰所要原的「道」。由「道」而「德」，再由「物形之」至「勢成之」，老子論及萬物有形生勢成的顯現歷程，它意味著事物由其內在本質所賦予的能量，經由物質因素的獲得後，配合時空條件而自然展開的實踐歷程。劉勰論及文本的生產過程時，十分重視「勢」的因應配合，〈定勢〉說：「因情立體，即體成勢」，又說「形生勢成」，這都可看出《老子》的形上思想軌跡。

當「道」轉化於藝術創造時的「神思」，亦要留意其理論基據在於「無為」此一高度涵攝吐納的虛靜性質，《老子》第八章說：「心善淵」，謂宅心玄默虛靜，則能澄明，能容受，能鑒察。劉勰在〈養氣〉亦主張：「水停以鑒，火靜而明。」〈神思〉更提倡：「陶鈞文思，貴在虛靜。」這些創作觀念明顯蘊含著《老子》：「致虛極，守靜篤。」的本體屬性**⑲**。

(三)源於魏晉玄學的自然觀

魏晉玄學喜用源自於《老子》之「自然」一詞，而其涵義多重，或用作「道」的別名；或用作萬物之屬性；或用作任運自然而動的活動義解；而各有發揮，但也彼此交纏合用。王弼在《老子》

---

⑱ 見王弼：《周易略例·明象》，轉引自勞思光《中國哲學史》第二卷（香港：香港中文大學崇基學院，1980 年），頁 176。

⑲ 「虛靜」的論點亦同於《莊子·知北遊》之：「老聃曰：『汝齋戒疏瀹而心，澡雪而精神。』」也與《荀子·解蔽》之「虛壹而靜，謂之大清明。」相應。又，僧肇《肇論》：「寂而常照，照而常寂。」以及《周易·繫辭》：「寂然不動，感而遂通。」等皆可相互會通。

注中說：「道者，物之所由者；德者，物之所得也；由之乃得。」
這句話已囊括了「自然」的三層含意。由於「自然」此一術語最初
之使用者仍為老子，故先由此爬梳，進而嘗試掌握劉勰的「自然」
意涵。

　　《老子》關於「自然」的意義指涉有三，一是宇宙本體義，指
「道」而言。二是萬物之自性，指「德」而言。三是實踐義；常用
「勢」來指涉。

1.宇宙本體義

　　宇宙本體義係指「道」而言。第二十三章：「希言，自然。」
謂「道」體超越於經驗界，不可以言語求。這個敘述同於「大音希
聲」、「大象無形」等文句❷，皆在描述「道」的本體抽象性質。
阮籍亦以「自然」此一術語指涉「道」的本體，在《達莊論》中他
說：「天地生于自然，萬物生于天地。自然者無外，故天地名焉。
天地者有內，故萬物生焉。當其無外，誰謂異乎？當其有內，誰謂
殊乎？……天地合其德，日月順其光。自然一體，則萬物經其
常。」又說：「人生天地之中，體自然之形。身者，陰陽之精氣
也。性者，五行之正性也。情者，游魂之變欲也。神者，天地之所
以馭者也。」王弼在《老子》注中說：「順自然而行，不造不始，

---

❷　《老子》第四十一章：「大音希聲，大象無形。」王弼注曰：「聽之不聞名
日希，不可得聞之音也……象而形者，非大象也。」又第十四章曰：「視之
不見名日夷。聽之不聞名曰希。博之不得名日微。此三者不可改詰，故混而
為一。」河上公注曰：「三者謂夷、希、微也，不可改詰者，無色無聲無
形，口不能言，書不能傳。」以上見王淮注釋：《老子探義》頁 172、56 之
徵引。

故物得至而無轍跡也。」阮籍、王弼所使用的「自然」雖意指宇宙本體，但亦涉及萬物生成歷程的律則，所以是參雜著宇宙本體和事物的屬性等兩個概念。在魏晉玄學界，觀念錯綜混用是常見的現象，因為在裴頠《崇有論》嘗試拋離「無」這個範疇，而企圖直接確立「有」為本體❹，暨郭象獨化說建立之前❷，魏晉哲學界尚未將本體和現象之間的關係釐清，並成熟地為它建構出一理論系統，所以仍採行《老子》三合一的「自然」意涵。如何晏在《無名論》亦論及「道」，他說：「道者，惟無所有也。自天地已來皆有所有以矣。然猶謂之道者，以其能復用無所有也……夏侯玄曰：『天地以自然運，聖人以自然用。自然者，道也。』」❸這兩處的「自然」既是指「道」的本體，同時兼有「道」在現象界的活動及作用。

劉勰在《文心雕龍》中所運用的「自然」觀念，已非渾沌未明

---

❹　裴頠：《崇有論》：「濟有者皆有也，虛無奚益于已有之群生哉！」詳參任繼愈主編：《中國哲學發展史·魏晉南北朝》（北京：人民出版社，1988年），頁 183-207。

❷　郭象獨化論的玄學主旨在於「上知造物無物，下知有物之自造。」既呼應了裴頠「夫至无者，无以能生，故始生者，自生也。」的思想，且更精嚴完整地建構出「獨化於玄冥之境」的玄學命題，成功區分「有」是現象，「无」是本體，釐清了宇宙生成論與宇宙本體論的範疇。詳參任繼愈主編：《中國哲學發展史·魏晉南北朝，頁 218-253。亦可參王曉毅著：〈郭象自生獨化論與有無之辯〉，收錄於《魏晉南北朝文學與思想學術研討會論文集》第四輯，國立成功大學中文系主編（臺北：文津出版社，2001 年），頁 507-529。

❸　轉引自王曉毅著：〈郭象自生獨化論與有無之辯〉，收錄於《魏晉南北朝文學與思想學術研討會論文集》第四輯，頁 524-525。

的道器兼用內容，劉勰在裴頠、郭象的理論廓清下，明白「無」是
「無」，「有」是「有」，即「本體」是本體，「現象」是現象的
範疇界定，因此，他用「道」指涉宇宙本體，用「自然」指涉事物
從「德」而形生勢成為萬品庶類的過程及原理。故〈原道〉所說
的：「心生而言立，言立而文明，自然之道也。」此處的「自然」
係指萬物秉其自性，自然而然地發生及形成，並不是用作為「道」
的別名。馮春田在〈《文心雕龍》的文學「自然」與文學型範論〉
一文有言❷：

> 劉勰的「自然」理論是在《文心雕龍》論述文學問題時體現
> 出來的，所以不妨就稱之為文學「自然」論；它包括文學的
> 發生、文學的本質或屬性論等方面的問題。因此，劉勰是借
> 鑒或融合了老莊及魏晉玄學的事物生成、變化與物性「自
> 然」論的。……劉勰……十分清楚地說明，天地以及動植萬
> 品之「文」和人類之「文」的發生或出現，是萬物及人類
> 「自己而然（自身如此）」的必然結果。

---

❷　收錄於《《文心雕龍》國際學術研討會論文集》，國立臺灣師範大學國文系
　　主編（臺北：文史哲出版社，2000 年），頁 103-107。又可參宇文所安著、
　　王柏華、陶慶梅譯：《中國文論：英譯與評論》關於「自然」此一術語之解
　　釋，宇文所安：「『自然』的直譯應當是『so-of-itself』，也就是說事物該什
　　麼樣就什麼樣，事件該怎麼發生就怎麼發生，因為它們剛好就是這樣的。注
　　意它跟『性』的區別，後者是一個實體的天然特性。一種特定的『性』會遵
　　循一定的發展過程，並根據『自然』即更大的原則，表現出一定的特點。」
　　頁 664。

2.萬物自性義

　　所謂萬物之自性，係指「德」而言。《道德經》視「道」與「德」是理一分殊，從無化有的關係。合而言之，萬象皆依於一道，分而析之，萬物各有其本性。故「德」、「物自性」，即「自然」之另一涵義。第六十四章說，「以輔萬物之自然而不敢為」，此「自然」即指萬物之本性。此一本性先於萬物且對萬物具有指引其性質的決定力。郭象在《論語體略》中說：「萬物皆得性，謂之德。」王弼在《老子》第二十五章注中亦言：「道不違自然，乃得其性。法自然者，在方而法方，在圓而法圓，於自然無所違也。」又說：「萬物以自然為性，故可因而不可為也，可通而不可執也。物有常性而造為之，故必敗也。物有往來而執之，故必失矣。」他在《周易注·損卦》也說：「自然之質，各定其分，短者不為不足，長者不為有餘，損益將何加焉？」❷❺這些論述中的「自然」，都指向萬物的本性。例如：事物的本性如果是方，事物就會順著這個本性而化成方，是圓就會化成圓。

　　劉勰將這個自然概念施用於他的文學理論，譬如他在論及作家才性和文體屬性時，再三強調要因任自然，故說「薑桂同地，辛在本性；文章由學，能在天資。」（〈事類〉）、「文質附乎性情」、「辯麗本於情性」（〈情采〉）、「圓者規體，其勢也自轉；方者矩形，其勢也自安；文章體勢，如斯而已。」（〈定勢〉）不過他在用語上略有區分，涉及文類的自性時，則謂之「文體」；言及作家的

---

❷❺　轉引自劉大杰著：《魏晉思想論》，收錄於《魏晉思想》（臺北：里仁書局，1984 年），頁 60。

自性時,則謂之「文才」;論及作品的體製條件時,則又謂之為「勢」。

3.萬物因其自性而實踐之義

　　所謂實踐義,係指萬物因其所屬自性而形生勢成的運動歷程以及這個歷程的活動規律。《老子》第五十一章:「道生之,德畜之,物形之,勢成之……夫莫之命而常自然。」從「道」至「德」是事物所屬的性質,從「物形之」到「勢成之」是事物聚散、進退、傳遞、運動的實踐過程,必須在性質的支持下及實體的依據下進行。故知「自然」這個「實踐義」的解釋和「自然」作為萬物本性的解釋是一體兩面的:前者是如如不動的,而這一層則是著重於事物遵循其天賦本性以運動發展的歷程,所以是相對動態的,同時也用以指明這個實踐歷程是自然天成的性質。

　　如王弼在注《老子》第五十一章時留意判清「道」、「德」、「物」的構成進程及運動關係,進而觸發了魏晉玄學「天下萬物生於自性」的重要論述。王弼說❷⑥:

> 物生而後畜,畜而後形,形而後成。何由而生,道也;何由
> 而形,物也;何使而成,勢也。唯因也,故能無物而不形;
> 唯勢也,故能無物而不成。凡物之所以生,功之所以成,皆
> 有所由。有所由焉,則莫不由乎道也。故推而極之,亦至道

---

❷⑥　轉引自王淮注釋:《老子探義》,頁 201。句讀經本人略作修正,關於王弼的「自然」概念,亦可參王金凌著:〈論王弼的「崇本息末」〉,收錄於《魏晉南北朝文學與思想學術研討會論文集》第四輯,頁 494-498。

也，隨其所因，亦各有稱焉。

爾後，魏晉玄學家郭象視「無」為本體，「有」為現象，提出「獨化」說以聯絡「有」、「無」，其理論旨趣亦影響了劉勰的「自然」理念。郭象在《莊子·逍遙注》說❷：

> 天地者，萬物之總名也。天地以萬物為體，而萬物必以自然為正，自然者，不為而自然者也。故大鵬之能高，斥鷃之能下，椿木之能長，朝菌之能短，此皆自然之所能，非為之所能也。不為而自能，所以為正也。

又郭象《莊子·知北遊注》說❷：

> 誰得先物者乎哉？吾以陰陽為先物，而陰陽者即所謂物耳。誰又先陰陽者乎？吾以自然為先之，而自然即物之自爾耳。吾以至道為先之矣，而至道者乃至無也。既以無矣，又奚為先？然則先物者誰乎哉？而猶有物無己，明物之自然，非有使然也。

劉勰的文學理論普遍地周流著這層因物之性以成之的自然理

---

❷ 轉引自劉大杰著：《魏晉思想論》，收錄於《魏晉思想》（臺北：里仁書局，1984年），頁61。

❷ 轉引自任繼愈主編：《中國哲學發展史·魏晉南北朝》，頁225-226。

念，同樣的道理，他若從靜態的名詞義解，就是文學的自性，若從動態的動詞義，或從狀態的狀詞義解，就是文學循性而動的歷程及其狀態之說明。

這個在《文心雕龍》中被轉化為文學原理的「自然」觀，其背後的哲學根據正是從《道德經》及魏晉玄學思辨而來的形上思想。至於現今通行之存有義，即自然界之萬物品類，或稱為大自然者，既未見於《老子》，亦不見於魏晉玄學，也不出現於《文心雕龍》。魏晉南朝時期關於「自然界」之指涉是以「物」或「萬物」加以名稱。在《文心雕龍》中尚使用「品物」、「庶品雜類」、「草區族群」、「庶物」、「萬品」、「動植」、「物色」等。因此，若以為劉勰文原於「自然」，即謂文原於「大自然」者，乃混雜「自然」之古今異義，不可不辨。

四《文心雕龍》的「自然」語境

承繼但有別於《老子》的哲學議題，劉勰將「自然」的運動律則轉轍到文學，賦予文體論，文術論以一形上原理。他在《文心雕龍》共使用過九次「自然」，皆偏重於活動義、實踐義，即以「自然」說明萬事萬物各因其所屬之自性而形生勢成的歷程，以及箇中的運動規律。它們分別在描述人類心生言立的歷程和規律、才性和作品表現的因緣關係、各類文體形成的客觀規律，各種文術技巧的天然化成等。這些用法依次出現在下列的語境之中，以下將逐一徵實說明：

1. 「心生而言立，言立而文明，自然之道也。」（〈原道〉）

指心靈活動發生後，必有言語活動將內心的思想情感加以組織表述，有了言語上的言說現象，其後必有書面文字加以記載述明，

於是而有文學活動。由思想的肇生而有語言的形成，由語言的形成而有文學的締造，這整個發生發展及形成的歷程，是任運自動，自然而然的律則❷。

2.「雲霞雕色，有逾畫工之妙；草木賁華，無待錦匠之奇；夫豈外飾，蓋自然耳。」（〈原道〉）

指雲霞艷麗的色澤，草木花卉繁鮮的文采，並非人為外加上去的，而是因其自性而然，順其物性形成。

3.周、胡眾碑，莫非精允。其敘事也該而要。其綴采也雅而澤，清詞轉而不窮，巧義出而卓立。察其為才，自然而至。（〈誄碑〉）

指周勰、胡廣的碑文作品，所以能精當博要，綴采雅澤，且在命意上卓秀特立，是因為他們本身所具有的才性而自然獲致的文學表現。

4.吐納英華，莫非情性，是以賈生俊發，故文潔而體清……觸類以推，表裡必符。豈非自然之恆資，才氣之大略哉。（〈體性〉）

指文學根源於人的性情，所以賈誼以其傑出奔放的本性，而有

---

❷ 宇文所安的解釋，亦可參考，他說：「按照《文心雕龍》獨特的自然哲學，在自然過程之中存在某種使固有的區別得以顯現的動力，這就暗示著『心』必然要出現；如果沒有識別和知曉該顯現的主體，顯現就無法完成。顯現就是為『心』發生的。同樣，它也暗示出，有『心』就自然有『言』，語言是『心』本身唯一和特有的顯現形式。語言是該過程的充分實現，它是使『知』成為可能的『知』，而這個過程的充分實現就是人之『文』。」頁193。

高尚明亮的文體，因為事物內在的本性必會和其外顯的形式相契合，這是源於先天而然的才性資質，也是作家的天資契合著文體風格的形成。

5.「勢者，乘利而為制也。如機發矢直，澗曲湍回，自然之趣（趣）也。……激水不漪，槁木無陰，自然之勢也。」（〈定勢〉）

劉勰承《老子》：「道生之，德畜之，物形之，勢成之。」之思想，並吸收王弼的自然觀念：「道不違自然，乃得其性。法自然者，在方而法方，在圓而法圓，於自然無所違也。」（《老子》第二十五章注）認為創作時必須審定文體所屬的客觀條件，才能因情立體，循體成勢，因勢而得利便，正如由弩機發射而出的箭，必筆直地向前運動；彎曲的溪澗形勢，也必然使溪水急流盤旋，這都是自然而然的運動趨向。湍急的水不起漣漪，乾枯的樹成不了蔭，也是事物順沿著客觀條件所形成的現象，都是自然地由形生而勢成。

6.「造化賦形，支體必雙，神理為用，事不孤立。夫心生文辭，運裁百慮，高下相須，自然成對。」（〈麗辭〉）

指修辭上的對偶，就像人體的四肢是成雙成對的情況一樣，都是得自於造化，是天生自然地形成。

7.「自然會妙，譬卉木之耀英華；潤色取美，譬繒帛之染朱綠。」（〈隱秀〉）

指作為蘊藉含蓄之美的「隱」及作為警策奪目之美的「秀」，應該稟持著自然天成的原則，才能使它們由內而外地文質相附，華實並勝，猶如花朵所以耀艷，在於它的植物本性；繒帛所以鮮麗，在於它原本就是好質地的絲織品。

從《周易》、《老子》到魏晉玄學，劉勰集成了他獨特的形上思想，這個形上思想範鑄著他的文學理論、結構體例和表述方法。另外，不能忽略的是長期浸淫般若思想，也玉成他周延地處理本體與現象之間的關係，因為「梵」有二態，一為無相，一為有相；無相為「道」，有相為「文」，雖分而不離，因為色即是空，離諸相則無物，這正是他在〈論說〉談到的：「然滯有者，全繫於形用；貴無者，專守於寂寥；徒銳偏解，莫諸正理；洞極神源，其般若之絕境乎！」

四、文心雕龍與邏輯相關的思想方法運用

以論文敘筆的二十篇三十四種文體來說，「按轡文雅之場，環絡藻繪之府」的劉勰，其所以能「乘一總萬，舉要治繁」，靠的就是他卓越的邏輯思辨能力。從文體論四條例來看，「釋名以章義」是對概念的內涵界定；「選文以定篇」是對概念外延的畫定；前者是共相，是抽象普遍的定義；後者是殊相，是具象且獨特的作品。「敷理以舉統」是「本體屬性」的斷定，表述本體的根本性質，作為該文體的的共理及規範。以上三例偏向橫斷面的靜態陳述，故未及於歷史線性的動態考察，因此再以「原始以表末」穿梭貫通。劉勰秉持此一經緯織綜、表裡一體條例，逐能如握庖丁之利器，遊刃有餘於波詭雲譎、吹萬不同的文體世界之中。

(一)類

類（Class）在邏輯上的定義是「以共相（universal）貫穿殊相（special）而使其成為分子（member）的一個「抽象的構造品」（Abstract construction, logical construction）。故知，類必有事物作為其分

子；也必有一個共相作為據以分類的標準，而這個據以分類的標準又可再加分解，使之產生分化歷程，由原始之全類，成為各種特定之類❸。故知某類事物因具有共同的性質而有共同的名稱。

　　類是劉勰舉要治繁的哲學利器和表述其文學理論的重要方式，他善於把握類在概括歷程的「一般性」（Generalization）和分化歷程的「特定性」（Specialization）。前者即先秦名家所謂的「通」，後者即名家所謂的「變」。❸例如在〈原道〉，作為原始全類的「文」從宇宙萬有的一切顯相這個無限類（Infinite class）經分化而為天之文、地之文、萬物之文、人之文等四種存在類別。天是天象，以日月疊璧概括；地是地理，以山川煥綺概括；萬品之文從龍鳳以藻繪呈瑞，虎豹以炳蔚凝姿，雲霞雕色，草木賁華，林籟結響，泉石激韻等綜括；至於人之文則舉八卦、河圖、洛書、文字、典章制度、政治功績、善政勳德和文籍著述作為人文之類。而這些特定之類雖已分化為天、地、人、萬品，但它們又皆具有原始全類的「文」之共相，包括：一、是可經由人類的感覺系統體察到美的形式。二、是一種會產生變化的現象。三、是會產生作用的一種活動。其他如〈體性〉將「性」分為才、氣、學、習；而「才」再分為庸、儁；氣再分為剛、柔；學再分為淺、深；習再分為雅、鄭。在文術論上亦然，如分〈麗辭〉為言對、事對、反對、正對；區別比喻的方法為：或喻於聲，或方於貌，或擬於心，或譬於事等……蔣凡、羊列榮在〈劉勰《文心雕龍》與理性主義的理論思辯〉亦有

---

❸　參見牟宗三編著：《理則學》（臺北：國立編譯館，1990 年），頁 6-7。
❸　參勞思光：《中國哲學史》第一卷，頁 342-343。

相關的說明**㉜**：

> 類是劉勰的文學思想的重要表述方式。如〈宗經〉的「文能
> 宗經，體有六義」，這「六義」便是一個「類」，它概括出
> 了劉勰的文學批評基本標準。又如〈鎔裁〉有「三準」、
> 〈知音〉有「六觀」，也都是「類」，分別闡述規範文意的
> 基本準則和理解文情的基本方法。這些「類」的內部各項之
> 間，也就是同一屬的諸種概念之間，構成了並列關係。並列
> 關係的建立，一定要保持統一的前提，兩者要間不相容，這
> 是基本的邏輯原則。比如「六義」，以劉勰對文章的形式和
> 內容的構成要素的分析為理論前提，「情」、「風」、
> 「事」等六種概念基本要保持不交叉的關係。「三準」、
> 「六觀」也是大體如此。

(二)概念

　　概念是反映事物本質屬性聯繫的思惟形式，也是構成理性認識
的基本形式和思維的起點，唯有藉助於概念，我們才能進行判斷和
推理，從而把握客觀事物的本質和規律，因此，概念是邏輯思維的
基本單位，它顯現思維的昭晰程度和思辨的能力。文學理論與文學
創作不同，文學理論必須通過各種概念的形成來進行文學創作現象
的總結和概括，唯有以哲學為其解說基礎，文學理論的問題才能獲
得澄清。在中國傳統文學批評中，向來對概念內涵較為欠缺自覺意

㉜　詳見《《文心雕龍》國際學術研討會論文集》，頁98。

識，因而在文學理論的表現上傾向於經驗主義的思維與表達。然而劉勰有別於此，他能運用概念思維分析文體，因而取得更高的成就。以下試就〈論說〉中之「論」體為例，考索劉勰實際的邏輯表現。

已知劉勰文體論之中的「釋名以章義」係對概念的內涵作定義，故〈論說〉直接給予「論」的定義為「述經敘理曰論。」在此層次之下，再大分為「述經」、「敘理」兩類。述經的定義是「論者，倫也；倫理無爽，則聖意不墜。」敘理的定義是「論者，彌綸群言，而研精一理者也。」在此層次之下，述經敘理之論又可統合畫分為八小類：「議者，宜言；說者，說語；注者，主解；贊者，明意；評者，平理；序者，次事；引者，胤辭；八名區分，一揆宗論。」在此層次之上，八小類又可以再兩兩相繫為四項，其概念之界定如下：「詳觀論體，條流多品。陳政，則與議說合契；釋經，則與傳注參體；辨史，則與贊評齊行；銓文，則與敘引共紀。」由此看來，他對文體的概念界定，簡潔明晰且抽象，故能類聚有貫，總攝於一；但同時也能分化層級以安置同中有異，且多名多號的論體。蔣凡、羊榮列在〈劉勰《文心雕龍》與理性主義的理論思辯〉一文曾借〈雜文〉中的兩句話：「甄別其義，各入討論之域。」、「總括其名，並歸雜文之區。」概括劉勰的邏輯思維表現。❸❸前一

---

❸❸　詳見《《文心雕龍》國際學術研討會論文集》，頁 97。彼又提到概念思維在傳統文論中一直比較缺乏，尤其對概念的內涵界定，向來缺少一種自覺的意識，而這正是傳統文論未能擺脫經驗主義思維的原因之一。雖然劉勰還不可能成熟地運用概念思維，也沒有真正確立科學的概念分析方法，但他在這一方面已具有相當自覺意識，因而相比前人，已經居於更高的思維水平。

句重在揭示概念的特別規定性和概念之間的差異性，屬於一種概念思維。後一句重在建立概念與概念間的聯繫，是邏輯性的。前者為思維提供了個體單元，而後者則將個體單元編織成理論網絡。

㈢主謂式命題

依照邏輯的說法，劉勰在文體論中所執行的「敷理以舉統」模式，可視為「主謂式命題」（propositions of subject-predicate form）。主謂式命題是取共相來論殊相的一種命題，它由主詞和謂詞構成。主詞意指某一事物之「本體」（substance），謂詞意指隸屬於本體的性質（quality；property），其術語亦稱為「屬性」（attribute）。主詞式命題的論謂必具有特定的意義在，當本體與屬性契合為一時，就是名符其實的一個完整的個體。❸

循名責實是《文心雕龍》建立各文體屬性及規範的原則，根據這個方針所建立的「主謂式命題」，既可規劃該文體的書寫綱領，也可以依此綱領對具體的文學作品提出客觀的批評；所以他在〈鎔裁〉說：「立本有體」、「規範本體謂之鎔……鎔則綱領昭暢。」「履端於始，則設情以位體。」這都是由創作來談名實相課的文體大本。至於批評，則從劉勰對作品的臧否用語可以管窺，如正體、達體、得體、識體者，乃是吻合文體寫作綱領者；而乖體、違體、失體、解體者，自然是偏離了文體應有的體統。可見本體－屬性的

---

❸　參見牟宗三編著：《理則學》（臺北：國立編譯館，1990 年），頁 18-89。因明稱主詞為「前陳」，謂詞為「後陳」。前陳為「體」，後陳為「義」，前陳所以名體者，以前陳為立敵爭論之立題也；後陳所以名義者，以後陳顯爭論主題之義理也。詳參虞愚著：《因明學》（臺北：新文豐出版公司，1979 年），頁 20、36。

配合表現，就是劉勰權衡作品得失優劣的準繩，〈知音〉揭櫫的六觀，亦將「位體」排在首位，強調應先觀察該作品是否符合該文體應具的屬性。至於屬性緣何而求，當然得復歸本根，求諸各類文體論中的「敷理以舉統」。仍以「論體」為例，劉勰「主謂式命題」的本體屬性論謂，昭融地確定了作為「論」必具的幾個根本性質，他說：

> 原夫論之為體，所以辨正然否；窮於有數，追於無形，迹堅求通，鈎深取極；乃百慮之筌蹄，萬事之權衡也。故其義貴圓通，詞忌枝碎，必使心與理合，彌縫莫見其隙；辭共心密，敵人不知所乘；斯其要也。

其餘文類的邏輯理路自可以此類推。

㈣共相與殊相

　　文體論的「原始以表末」偏向於縱剖面的動態現象考索，即透過歷史序列，由其源起、發展而演變的各種文學史實況中，呈現其代表作家及作品以及箇中的通變脈絡。劉勰在「同品定有性」的共相下，為各類文體的家譜覓得了源頭，故能紹繼其連續性；也因為兼顧通變，使文章的統一性與分殊性獲得制衡。

　　另外，「原始以表末」也強化「以名舉實」的功能，經過這樣沿點成線的具體說明後，文體的概念外延被明確化，所以「原始以表末」也是劉勰界定文體名義的一項有效方式，仍以「論體」為例，分行依序「論」的始末軌跡如下：

秦漢：莊周《齊物》，以論為名；不韋《春秋》，六論昭
列；至石渠論藝，白虎通講，聚述聖言通經，論家之正體
也。

魏：魏之初霸，術兼名法；傅嘏、王粲，校練明理。迄至正
始，務欲守文。何晏之徒，始盛玄論。於是聃周當路，與尼
父爭途矣。詳觀蘭石之《才性》，仲宣之《去伐》，叔夜之
《辨聲》，太初之《本玄》，輔嗣之《兩例》，平叔之二
論；並師心獨見，鋒穎精密，蓋論之英也。

西晉：次及宋岱，郭象，銳思於幾神之區；夷甫、裴頠，交
辨於有無之域；並獨步當時，流聲後代。然滯有者，全繫於
形用；貴無者，專守於寂廖；徒銳偏解，莫詣正理；動極神
源，其般若之絕境乎。

東晉：逮江左群談，惟玄是務，雖有日新，而多抽前緒矣。
至如張衡《譏世》，韻似俳說；孔融《孝廉》，但談嘲戲；
曹植《辨道》，體同書抄；言不持正，論如其已。

　　劉勰不僅在文體演化的譜系中運用「共相／殊相」；「通／
變」的法則加以盱衡，他在論及作家才性的同異，以及才性形諸於
文學創作的具體表現時，也不離開這個基據，例如〈原道〉揭櫫
「人」的共相為「性靈所鍾」、「五行之秀」的天地之心；但人有
秉氣不同的各種殊相：在神思方面，有「遲速異分」的差別；在才

性方面，有的俊發，有的傲誕；有的沈寂，有的簡易；有的淹通，有的躁銳；在鎔裁表現上，思瞻者善敷故文繁；才覈者善刪故文略；所以陸機雖然才優，但綴辭過於繁；而陸雲雖然思劣，但文章反而清省，至於在事類運材上，亦有才餒者、才飽者；學貧者，學富者的個別差異。因此，在人的共相上雖然皆是天地間的三才者，但在別相上則人心不同，其異如面；而這也正是文苑波詭雲譎的構成原因。

五、結論

《文心雕龍》開卷唱義的第一句話是：「文之為德也大矣！」這是一個高度概括且又準確精闢的命題。這個以文為本的立場迥異於魏晉玄學家的論道旨趣，然卻又有和魏晉玄學家不分軒輊的理論水平。劉勰將宇宙本體、萬有屬性和大千世界的構成形式、活動現象、功能作用等形而上與形而下的範疇，全部在「文」的縮結聯繫下，執一御萬，表裏輻輳。因此，劉勰堪稱是從哲學家的宏觀視野，遍照文學與宇宙本體、森羅世界、政治社會、生命意義的符應關係。所以，《文心雕龍》的形上思想實聚焦於〈原道〉的「文之為德也大矣！」這個奪目的獨創命題，斷定了「文」是萬有屬性的共相，進而轉化鋪展於樞紐論、文體論、文術論、文評論、文德論各篇，「文」已成為《文心雕龍》的邏各思（Logos）❸❺，無怪乎劉

---

❸❺　邏各斯是邏輯的希臘文名詞，意指一完全之思想或代表一完全思想一字，近於中國哲學的「道」。參虞愚著：《因明學》，頁 22。用邏各斯來指稱《文心雕龍》的文，亦似有「如縷貫華，義通于他」的啟示作用。

勰稱揚其德之大矣！

　　劉勰以「道」為最高範疇，故〈原道〉係以此一形而上之「道」為其文學理論的第一因。但形而上的道是超越於經驗的絕對存在，非語言文字及思維辨證可得闡明，因此，〈原道〉對「道」的概念並不直接表詮，即不立文字，而捨筏登岸，從萬有的屬性——「德」開始說起。「德」作為宇宙本體和萬有現象的中介，其化生形成的歷程是因其自然之本然而然的，即自然而然，或簡稱為自然。劉勰在這個從《道德經》以來即已建構完成的理論基礎上，作了一個開創性的突破，他進一步規定了「德」的共相是「文」。「文」的內涵和外延俱是顯相，包涵結構的形式、現象的變化、活動的作用等內容。如此一來，「文」遂成為萬有與「道」往來的介質。在〈原道〉，劉勰先從天之文、地之文、萬品之文及人類之存在談起，為形而下之範疇作第一層的鋪展。繼而以人為本，轉進到人類的文化活動、文化現象變化、探賾在歷史的演進過程中，由文明草創、文字符號的締造、文化事業的勃興、到聖王事蹟與經典文獻的傑出表現。〈原道〉之後，劉勰再將「文」從人文轉入「文學」，依序論文體、文術、文評，最後，再於〈程器〉闡明文德，將君子、道德、事業、文章合而為一，重返以人與文為本的世界秩序中心。

　　《文心雕龍》的形上思想是文學理論的哲學背景與指導綱領。以文體論來說，各體文章之創作應本其文體之當然原則進行書寫，以文術論來說，物形之，勢成之，妙造自然，抑引隨時，通變適會及形神兼備的原則都是「道」的體現。

　　這樣一本體大慮周的著述完成之後，對中國的文學理論實影響

深遠，彷彿「鏡與燈」的文學批評坐標，歷來各式各樣再如何別出心裁的學說，也離不開這個坐標系，儘管他們必有所輕重；同要的，劉勰所建構出的文學世界圖式，倘若以同心圓的規模表述，歷來的文學理論家、文學批評家也一樣無從須臾或離這套體系所涵蓋的範圍，縱然各有偏重；或偏於作品藝術構成，或偏於道德修身，或偏於經國事業，或偏於情景配合，或偏於明道載道等等。

　　以清·葉燮為言，他在《原詩》闡明文章在表現天地萬物之情狀，而天地萬物之情狀又由氣而來，他所謂的氣，相當於劉勰所說的「道」，因此，葉燮的說法不妨作為劉勰形上思想的一個繼承與迴響，他和劉勰都重視宇宙本體和現象在藝術過程中的作用，即使二書之間睽違了一千兩百年，他說❸❻：

> 自開闢以來，天地之大，古今之變，萬彙之賾，日星河岳，
> 賦物象形，兵刑禮樂，飲食男女，於以發為文章，形為詩
> 賦，其道萬千。余得之以三語蔽之：曰理，曰事，曰情，不
> 出乎此而已。……曰理，曰事，曰情三語，大而乾坤以之定
> 位，日月以之運行；以至一草一木一飛一走，三者缺一則不
> 成物。文章者，所以表天地萬物之情狀也，然具是三者，又
> 有總而持之，條而貫之者，曰氣。事、理、情之所為，氣為
> 之用也。譬之一木一草，其能發生者，理也；其既發生者，
> 事也；既發生之後，天喬滋植，情狀萬千，咸有自得之趣，

---

❸❻　轉引自蔣凡著：《葉燮和原詩》（上海：上海古籍出版社，1985 年），頁82-85。

則情也。

以此為結。

第二章 「情」在《文心雕龍》中的概念結構及其與文學審美現象的關涉

一、前言

「情」在《文心雕龍》的文學理論體系中，是一個關鍵概念，也是一個重要範疇。劉勰綜攝先秦兩漢以來人性論中的「性情」概念與兩漢以迄南朝的「言志說」、「緣情說」、「性靈說」等文學創作看法❶，並特意將人性論與文學觀兩相結合，終於建構出一套

---

❶ 如漢朝時期之《毛詩序》：「詩者，志之所之也；在心為志，發言為詩。情動於中而形於言，言之不足，故嗟嘆之，嗟嘆之不足，故永歌之，永歌之不足，不知手之舞之，足之蹈之也。情發於聲，聲成文，謂之音。」〈正義〉釋之為：「詩者，人志意之所適也。雖有所適，猶未發口，蘊藏在心，謂之為志，發見於言，乃名為詩。言作詩者，所以舒心志憤懣，而卒成於歌詠，故〈虞書〉謂之詩言志也。包管萬慮，其名曰心，感物而動，乃呼為志。志之所適，外物感焉。言悅豫之志，則和樂興而頌聲作；憂愁之志，則哀傷起而怨刺生。〈藝文志〉云：『哀樂之情感，歌詠之聲發。』此之謂也。」晉朝時期則有陸機：〈文賦〉之「詩緣情而綺靡」、謝靈運在〈山居賦序〉說

由藝術哲學所編織的恢恢「情」網，鄭重確立「情」是文學活動的核心基質。

　　劉勰的思維進路如下：他先從根源定義「情」即是「性」，是事物據以存在及活動的性質；繼而從「人」界說「情」既是普遍的人類天性，也是個別作家不同的才情和志趣；轉入文學活動實踐進程時，「情」特指物我相召的情感導體以及文學作品所蘊藏的情致。根據上述所鋪設的「情」之概念結構，劉勰遂得遊刃於「人」與「文學活動」之間的「情」理研究，他的這套論情模式約可從以下四個面向加以掌握：

　　一、「情」指人類天生普遍具有的本然性情。這是人類能夠感知大千世界的前提，包括心理與生理條件。〈明詩〉：「人稟七情，應物斯感，感物吟志，莫非自然。」、〈養氣〉：「耳目鼻口，生之役也；心慮言辭，神之用也……此性情之數也。」

　　二、「情」指作家個人的才情志趣。包括對大我的理想襟抱與對小我的生命關懷，這是作家面對世界、看待人生的態度。〈體性〉：「才力居中，肇自血氣，氣以實志，志以定言，吐納英華，

其創作動機是「抱疾就閒，順從性情，敢率所樂，而以作賦。」南朝時期鍾嶸在其《詩品·序》言：「氣之動物，物之感人，故搖蕩性情，形諸舞詠」又說自然物色與社會處境對詩人之影響為「感蕩心靈，非陳詩何以展其義？非長歌何以騁其情？」另，蕭子顯在《南齊書·文學傳論》：「文章者，蓋情性之風標，神明之律呂也。蘊思含毫，遊心內運，放言落紙，氣韻天成。莫不稟以生靈，遷乎愛嗜，機見殊門，賞悟紛雜。」又，蕭繹在《金樓子·立言》分辨文筆時強調「情靈搖蕩」是文章之特徵。詳參穆克宏、郭丹編著：《魏晉南北朝文論全編》（南京：江蘇教育出版社，1996年），頁56、140、224、470、484。

莫非情性。」〈情采〉：「風雅之興，志思畜憤，而吟詠情性，以諷其上，此為情而造文也。」。

　　三、「情」指作家在前兩項條件下與物色目擊心迎後所喚起的情感活動與伴隨而來的審美感興。這是創作活動的契機，是文學表達之前強烈的自覺意識，具有一股外化為語言形式的行動驅力。〈物色〉：「獻歲發春，悅豫之情暢；滔滔孟夏，鬱陶之心凝……歲有其物，物有其容，情以物遷，辭以情發。」〈詮賦〉：「原夫登高之旨，蓋覩物興情。情以物興，故義必明雅；物以情觀，故詞必巧麗。」

　　四、「情」指情感經過反思與意象賦形後，轉化為周流於文本形式之內的情致意蘊。〈附會〉：「必以情志為神明，事義為骨髓，辭采為肌膚，宮商為聲氣。」

　　概略言之，劉勰認為「情」是有心之器的人類與生俱來的主體性情，它可以指人類普遍具有的一般本性，也可以指某個特定對象的獨特才情；通過「情」的主觀條件，人得以在俯仰天地的生活經驗中，與物色相召相應，進而觸發其審美感興，刺激其藝術想像，啟動將「情」轉譯為「文」的文學創作工程，將情感、思想、物色一一凝鑄於文本形式之中。所以「情」是職司文學活動開闔行止的樞機所在。

　　「情」遍透於《文心雕龍》的文論體系中，既貫通於一系列的文學活動進程，從創作零期、前期、中期、到完成期❷，也輻射至

---

❷　指由未應物感發之前的本然性情狀態，到應感後動，產生有自覺意識的「在心為志」，再由志思蓄憤後積累形成一股欲「為情而造文」的創作意圖，繼

各個文學的構成要素中，如體性、通變、定勢、情采、風骨、鎔裁、附會、物色……等，有若「三十輻，共一轂」的體用關係，甚至於在文學接受階段的過程，「情」既是讀者披文欲觀的意蘊，也是作者綴辭的原始意圖，此所以〈知音〉說：「綴文者情動而辭發，觀文者披文以入情，沿波討源，雖幽必顯。世遠莫見其面，覘文輒見其心。」因此，翔實爬梳「情」的概念範疇，逐層辨析其語義層面所對應的語境，考察它和文學審美實踐歷程的往來聯繫，應能盱衡「情」在《文心雕龍》文論網絡中的地位與作用，同時也可廓清「情」的義解，不至於浮泛地逕以作者情感，或作品內容來作解釋，辜負了劉勰苦心孤詣所搭建的精密「情」網。

　　關於「情」的論題探討，龍學先進亦多所著力，如王元化在《釋〈情采篇〉情志說》提到：「《文心雕龍》幾乎沒有一篇不涉及「情」的概念……照劉勰看來，作家的創作活動隨時隨地都取決於「情」，隨時隨地都需要「情」的參與，因此，他在〈情采篇〉提出了一句總括的話說：『情者文之經』。」❸王師更生在〈文心雕龍總論〉談及劉勰「情采並重」的文學觀時說：「作品不外兩大元素的結合，一是內容，一是形式。內容指思想、情感；形式指文辭、藻采。無內容不足以充實形式，無形式不足以表達內容。」❹

而展開神思以虛構意象，當臨篇綴慮之際，作者的情感、意象與文字媒材積極磨合，最後發言為詩，落筆成文，文學創作活動於焉構成。

❸　參王元化著：《文心雕龍講疏》（臺北：書林出版社，1993 年），頁 183-184。

❹　參王師更生著：《文心雕龍讀本》（臺北：文史哲出版社，1984 年），頁 28。

又如劉永濟在《文心雕龍校釋》中注意到「情」的概念範疇，他說：「凡篇中所用「風」、「氣」、「情」、「思」、「意」、「義」、「力」諸名，屬「三準」之「情」，而大要不出情、志二者。」❺其餘學者或從「物情言」之關係立論❻，或針對「情志」一辭的辨析進行言志說與緣情說的創作觀討論❼，或就「六觀」而論《文心雕龍》全書文論體系的文情之意❽，或作〈情采篇〉之句法解說❾。

　　前賢的研究雖各有所獲，然猶未能從哲學出發，為「情」的概念作一具有層級結構的周詳說明，也較忽略於對文學審美活動現象的詮釋，而這正是本文的研究動機與旨趣所在。

　　在這個「情」議題的討論上，本文將參酌當代現象美學文論家米・杜夫海納（Mikel Dufrene，1910-1995）的「情感範疇」學說和符號美學家蘇珊・朗格（Sussane K. Langer，1895-1985）的「情感符號」說，兩家均有精闢的見解可資參照，前者主張情感是一種認識的特

---

❺　轉引自周振甫主編：《文心雕龍辭典》（北京：中華書局，2004 年），頁592-593。又可參劉永濟著：〈釋劉勰的「三準」論〉，收錄於甫之、涂光社主編：《文心雕龍研究論文選》（濟南：齊魯書社，1987 年），頁 731-739。

❻　詳參牟世金：〈文心雕龍的總論及其理論體系〉，《中國社會科學》1981 年2 期。

❼　王元化：〈釋《情采篇》情志說──關於情志：思想與感情的互相滲透〉收錄於氏著：《文心雕龍講疏》，頁 183-187。

❽　參張炳煊：〈文情說發微三題〉，《武漢大學學報》1993 年 3 期。

❾　參黃春貴：〈文心雕龍・情采篇句子分析〉，收錄於《文心雕龍國際學術研討會論文集》（臺北：文史哲出版社，2000 年），頁 467-489。

徵，它是經驗的先驗條件，是一種現實的源泉，透過情感，現實才屬於主體，藝術才有構成的根據，因此，通過符號，直接賦予意義的，正是情感特質；這部分將置於第二節「人類的性情稟賦」上討論。後者主張情感是生命意識的集中與強化，唯有在感覺對象上把握經驗材料，頓悟觀照對象與我之間的感應，觀照對象才被賦予情感與形式，因此，文學作為一種審美符號類型，具有強烈的情感表現性。再者，就藝術作品結構而言，各個要素之間，如題材、風格、音韻、節奏等，也要緊密聯繫，追求其有機統一性，才能使情感生動地體現出來；這部分將置於第三節「情與文學審美現象的關涉」上討論。很明顯的，他們的觀點和一千五百年前的劉勰有英雄所見略同之處❿，因此本文將綜採二家之說藉以發揚、補充《文心雕龍》鑲嵌於駢文內的精微理論。

二、「情」在《文心雕龍》中的概念結構

《文心雕龍》全書出現「情」字之處計有四十篇一百四十五處，這些為數可觀的「情」字，在涵義上有廣有狹；在指涉上或泛指或專指或兼指，在辭彙的組成上或作單音詞或與其他文字構成聯合複音詞、偏正複音詞等不同型態；至於「情」所棲身的語境更是豐富多端。因此，若不能就其上下文加以檢視，極有可能因失焦而模糊了「情」在該語境的意義指涉，進而誤解了劉勰所持的文學

❿　參〔法〕米·杜夫海納著、韓樹站譯：《審美經驗現象學》（北京：文化藝術出版社，1996 年），以及〔美〕蘇珊·朗格著、劉大基等譯：《情感與形式》（臺北：商鼎文化出版社，1991 年）。

觀。

　　劉勰配組的「情」辭彙約三十種，包括情性、性情、情理、情變、情偽、事情、文情、世情、俗情、情術、情數、才情、情貌、風情以及情怨、傷情、哀情、情志和情源、情本、情華、情致、情韻、情采、情趣、辭情等，它們以「情」作為「性質」解的意義為根源，在劉勰的概念思維指揮下❶，發展成多重層級且類聚以貫的語義內涵。

　　學者若未能詳審其概念思維，當面臨《文心雕龍》一群複雜多變的相關詞彙時，易以為是劉勰受限於駢文審美規範的制約，而產生遷就形式，湊合意義的寫作現象。以上述所列舉的數十個「情」詞組為例，它們經常被視為一群相近的詞義，之所以有單字上的差異，應是劉勰為避重出而採用的遣詞手法所造成，以故學界多寬泛含糊地將「情」訓詁為「文章的內容」。如此一來，勢必忽略了在《文心雕龍》文學表現層面後有一套嚴密的邏輯概念思維，它是劉勰推展其文學理論的犀利策略，劉勰將「情」的各種概念一網打盡地集合起來，使之類聚為一個範疇，在「情」的範疇內，不同的

---

❶　蔣凡、羊列榮：〈劉勰《文心雕龍》與理性主義的理論思辯〉：「概念是理性思維的基本單位，它通常體現著思維抽象程度。……概念思維的一個重要特點，是能將豐富而具體的理論內容歸納為某一範疇。《文心》的下篇主要討論了二十四個問題，分別設定『毛目』，而其中的許多『毛目』已具有了範疇特徵，如『神思』屬於創作心理範疇，『風骨』屬於審美範疇，而『通變』屬於發展論範疇，等等。可以說，劉勰的文學理論已初步呈現範疇體系之規模，即以範疇為網去展開理論的具體內容。我們特別要指出這一點，是因為在古典的理論著作中，是極少有這種體例的。」收錄於《《文心雕龍》國際學術研討會論文集》（臺北：文史哲出版社，2000 年），頁 95。

「情」概念從其本然屬性到變異狀態，從內部原理到外部現象，既有其差異性，也有其統一性。試以列簡表顯示《文心雕龍》中「情」概念之層級結構：

萬物的性質

{包括自然物、社會事等的性質狀貌、人類的性情、文學的情志}

↓

人類的性情

{包括人類一般具有的天賦能力及個體分殊有別的才情}

↓

文學的情志

{包括蘊藏於作品之內的人類情感與萬物事理}

(一)從事物的性質狀貌上說

「情」的根源概念指的是事物的本然性質及依此本質所發展形成的狀態。「情性」、「性情」、「情理」、「事情」、「文情」、「世情」、「情貌」等詞彙屬之。根據劉勰的形上思想體系，「情」指的正是萬事萬物「生之所以然」的本性，它是源自於「道」的「德」分化成萬事萬物各自的本然屬性，是事物所據以形生勢成的性質。人有人性，事有事情，物有物理，每一具體顯現的客觀存在物，不論是它的發展狀況，或是外觀上的樣貌、狀態，包含人自身，以及社會界、自然界的存在現象，一律遵循各個事物的內部屬性、結構原理而形成。這是最廣義的「情」之概念❷。

---

❷　〔美〕宇文所安說：「『情』指一個主體的主體性或主體的本性，在這個意義上，『情』與『性』十分接近，二者在詞源上有關係。因此，『情』既指

　　劉勰在〈情采〉說：「夫水性虛而淪漪結，木體實而花萼振，文附質也。虎豹無文，則鞹同犬羊，犀兕有皮，而色資丹漆，質待文也。」在這段文句中，他列舉了五種各色物體，藉以說明萬物的內在屬性——「質」主導著物體的外觀狀態——「文」，不論它們是無機物的水，或是植物中的花木，動物中的虎豹文獸，器物中的犀兕革甲，或是人物中的佳麗，這些存在物莫不體現著萬物資始，「文質相附」的結構原理，也就是萬物各以其特有的內在性顯示出其外在的形象。試逐項解說之：

　　1.就「水」而言，水的性質虛柔，因而當風吹拂水面，或有物激觸時，水面自然會形成波紋盤旋的樣貌。

　　2.就「花木」而言，其枝幹堅實，因而得使花朵能昂然挺立地綻放於枝頭。

　　3.就「虎豹」而言，其生命屬性為兇猛之野獸，外表斑爛炳蔚之虎斑與豹紋是其自然生就的威猛形貌。

　　4.就「美人」而言，她天生麗質，因而笑顏美目，顧盼生姿。

　　5.就「文學」而言，其藝術構成屬性為將各種訴諸人類性靈的情思予以審美化組織，因而使文字得據之以成藻麗的情感載體。

特定情況下的『主體狀態』，也指某個人的主體性情。」見氏著、王柏華、陶慶梅譯：《中國文論：英譯與評論》（上海：上海社會科學院出版社，2003 年），頁 656。又余治平：「中國哲學裡的情，一般都得隨性而出。情是性從本體境界走向表象的實際歷程和外化經歷。情在中國哲學裡是實質、內容、成分，是本體之性流入現象世界後所生發出的具體實現。」參氏著〈儒家之性情形而上學〉，《哲學與文化》第 353 期（2003 年 10 月），頁 5-6。

6.就「圖畫」而言，其藝術之構成屬性為將各種訴諸視知覺的色相予以審美化組織，因而顯現出耀艷好看的圖繪形式。

7.就「音樂」而言，其藝術之屬性為將各種訴諸聽知覺的聲音元素予以審美化組織，因而顯現出曼妙好聽之旋律。

茲以圖表顯示上述這些存在物的「文質」關係如下：

文質 ＼ 類型	水	花木	老虎	花豹	盔甲	佳人	文學	圖畫	音樂
內在於物之本然性質	虛柔	堅實	勇猛	勇猛	堅固	美麗	性情	色相	聲音
體現於物之外在情態	各種盤旋之水波紋	挺立開放之花朵	斑爛有威之虎斑	彪炳勇武之豹紋	增威強化之丹漆圖飾	巧笑倩兮美目盼兮	文采辯麗之詞章	耀艷之繪畫圖樣	曼妙之音樂旋律

在《文心雕龍》中作此萬物性質及狀態解的「情」字詞彙，尚有下列幾個文句，茲根據其上下文關係，略作解說於後：

1.〈明詩〉：「故鋪觀列代，而【情】變之數可監。」此處之「情」指歷代詩歌的發展情況。

2.〈總術〉：「況文體多術，共相彌綸……所以列在一篇，備總【情】變。」此處之「情」指文術在創作過程時的各種運用情況。

3.〈時序〉：「文變染乎世【情】，興廢繫乎時序。」此處之「情」指時代世局的環境情勢。

4.〈物色〉：「自近代以來，文貴形似，窺【情】風景之上，鑽貌草木之中。」此處之「情」指自然物色的情態形貌。

5.〈才略〉：「俗【情】抑揚，雷同一響。」此處之「情」指世間一般的情形，社會普遍的情況。

6.〈知音〉：「文【情】難鑒，誰曰易分？」、「將閱文【情】，先標六觀。」此二處之「情」皆指文學作品整體表現出的優劣情況。

以上之「情」隸屬於第一層級最廣義的「情」之概念範疇，若未充分了解劉勰類具有貫的概念結構方式，極易將之窄化為較常用的第二層級或第三層級之概念，使「情」的義解失焦為作家的情志或作品的內容，如此一來，所混淆的將不只是文句的解釋問題而已，很可能導致劉勰的理論被迫曲解，價值不彰！

以〈知音〉：「文【情】難鑒，誰曰易分？」和「將閱文【情】，先標六觀。」為例，若將「情」解釋為作者的「情志」，將使劉勰的客觀文本批評論撤退至兩漢時期主觀的作家情志批評論，而這樣的理解顯然有違〈知音〉的理論文本——「將閱文【情】，先標六觀。一觀位體，二觀置辭，三觀通變，四觀奇正，五觀事義，六觀宮商，斯術既形，則優劣見矣。」從這段重要論述來看，劉勰的批評準則建立在「文情」，即「文本的整體表現情況」上，它們依次是文學作品在下述六個方面的表現：

1.情理與文體的配置是否得體？

2.文辭的運遣是否符合該文體應有的審美規範？

3.文體在成規繼承與創變進化上的成就如何？

4.在典正或奇巧的寫作策略上是否運用得宜？

5.材料的調度是否能據事類義，發揮有功？

6.聲律的經營是否抑揚有節，自然流利？

劉勰明白「文【情】難鑒，誰曰易分？」的問題在於批評者的主觀態度不易持平，因而提倡從「六觀」之術，也就是透過客觀文本形式的六個面向進行對作品的觀照，以核定該作品整體表現情況的優劣，故說「獨有此律，不謬蹊徑。」因此，「文【情】難鑒，誰曰易分？」之「情」不應解為作品情理或作者情志；若解釋為作品情理，違反「六觀」逐項品鑑形式表現的「知音」法則！若解釋為作者之情感，則情感豈有優劣？因此概念把握不善的「情」，其說法不但將遭到劉勰在語境現場的拒絕，也很可能誤判了劉勰的理論標的。

(二)從人類的性情稟賦上說

由於文學活動的創作主體與接受主體都是「人」，所以第二層級的「情」範疇係針對「人類」來進行討論。劉勰在此吸收了中國倫理學範疇中的「情性論」以墾拓其文論基礎。簡而言之，他採用了「情性論」中的未發／已發；同質／異質；心理／生理等三組概念，略說於下：

未發是「性」在於身而未顯的潛蓄狀態，源於「人生而靜，天之性也」之說（《禮記·樂記》）；已發是性之接於物而形之於外的「情」，源於「感於物而動，性之欲也」之說❸（《禮記·樂

---

❸ 牟宗三：《才性與玄理》：「情之潛蓄不發即為性，此是天然而靜之潛存狀態，故云：『在於身而不發』。性與情不是截然兩物；不是性為一物，放在那裡不發不動，情又為一物，放在那裡既接且動。……性與物接而動形於外，即情也。其動形於外也，或為喜怒哀樂，或為卑謙惻隱，或為善情，或為惡情，皆情也。皆性之動而欲也。故性之動形即為情，情之潛隱即為性。」（臺北：臺灣學生書局，1983年），頁33。

記》）。

　　同質是所有人類普遍共有的天性，包括一般生理感官機能與精神活動現象，異質是由於稟氣剛柔、才情庸俊、習染清濁等生就條件之不同所顯現的具體差異。❹

　　生理是如耳目口鼻之於對大千世界的認識能力，心理是如喜怒哀樂憂懼之於接物感時的情志顯應。

　　《文心雕龍》中的「性情」作此層語義解釋的語境有〈原道〉：「雕琢性情」、〈徵聖〉：「陶鑄性情」、〈宗經〉：「義既埏乎性情」、〈明詩〉：「持人情性」、〈體性〉：「情性所鑠」、〈情采〉：「吟詠情性」等。

　　劉勰融會了「情性論」的重要觀念後，將之轉用於文學現象的理論論述，以利建立其以人為本→感時應物→寓情志於文的文學藝術觀。他再三強調人的本然性情是文學實踐的根源動力，是審美創作的先驗條件，故知此一層級之「情」是文學活動的肇生條件，此條件具足之後，人類各種各樣的感覺、體驗及思維活動才得以發生、拓展，作家方能執行對經驗對象和思辨對象的言說活動。茲以圖表顯示其層級結構及與藝術活動的作用關係：

---

❹　牟宗三：《才性與玄理》：「由一般的陳述，進而至於具體的陳述，則須注意氣之異質性、駁雜性、以及組合性或結聚性。由於此等性，材樸之性始有種種徵象。……氣之清者即智，氣性之濁者即愚。清濁通善惡，亦通智愚。而才則貫其中而使之具體化。具體化清濁而成為賢不賢，亦具體化清濁而成為智與愚。故才是具體化原則（Principle of Concretion）。」（臺北：臺灣學生書局，1983年），頁3。

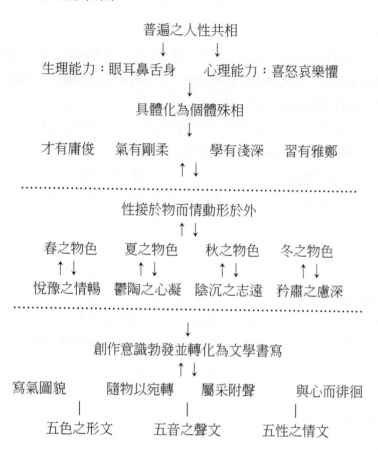

普遍之人性共相

生理能力：眼耳鼻舌身　　心理能力：喜怒哀樂懼

具體化為個體殊相

才有庸俊　　氣有剛柔　　　學有淺深　　習有雅鄭

性接於物而情動形於外

春之物色　　夏之物色　　　秋之物色　　冬之物色

悅豫之情暢　　鬱陶之心凝　　陰沉之志遠　　矜肅之慮深

創作意識勃發並轉化為文學書寫

寫氣圖貌　　隨物以宛轉　　屬采附聲　　　與心而徘徊

五色之形文　　五音之聲文　　五性之情文

　　劉勰在〈序志〉倡言：「夫人肖貌天地，稟性五才，擬耳目於日月，方聲氣乎風雷，其超出萬物，亦已靈矣！」〈明詩〉亦說：「人稟七情，應物斯感，感物言志，莫非自然。」〈情采〉：「立文之道，其理有三：一曰形文，五色是也。二曰聲文，五音是也。三曰情文，五性是也。五色雜而成黼黻，五音比而成韶夏，五情發

而為辭章，神理之數也。」從這三段文本的論述可知，劉勰認為人由於與生俱來的「性情」使然，因而能以一個有著靈性的血肉之軀和世界交涉，既能憑藉耳目感官知覺去體驗這個時空物色，也能思考、反省、判斷、詮釋、表述這些人生活動經驗，舉凡訴諸視知覺的五色之文，訴諸聽知覺的五音之文，以及源發於喜怒憂懼的五性之文，莫不一一發跡於此，即使施之於讀者的接受反應也必須由此基礎人情出發。

這個概念與杜夫海納的情感先驗說有著驚人的相似性，他在其聲譽斐然的《審美經驗現象學》中指出：審美知覺中的思考和感覺是取決於「主體的性質和經驗、制約這種經驗的環境」（頁 455），人類的肉身是一個「充滿著能感受世界的心靈的肉身。」（頁 374）故能以其肉身的「我思」和智性的「我思」與世界發生意義，構成意識，交付行為。所以「意義是在肉體與世界的串通中由肉體感受的」（頁 375）又，杜夫海納所說的「情感特質」可視之為劉勰的「性情」概念，杜氏認為「情感特質」所呈現的先驗包括肉體先驗、智力先驗、情感先驗，人類在所有經驗以前認識這些先驗，它使「一個獨特的有機體按自己的構造與一個環境連結在一起，置身於環境之中，與環境相配合，在環境中生、在環境中死的那種獨特方式。」（頁 503）

綜合來看，杜夫海納與劉勰在探討文學與藝術時，都具備著哲思的睿智，因而使他們的文藝理論不同於凡響，劉勰取徑於中國的人性論，杜氏從現象學派的認識論立說，他認為「情感先驗之所以構成一個確實而嚴密的世界，是因為它是主體中的最深的東西，正

如它是審美對象中的最深的東西一樣。」杜夫海納強調❶：

> 審美經驗運用的是真正的情感先驗，這種先驗與康德所說的
> 感性先驗和知性先驗的意義相同。康德的先驗是一個對象被
> 給予、被思維的條件。同樣，情感先驗是一個世界能被感覺
> 的條件。但感覺這個世界的不是康德所指的一個非屬人的主
> 體——後康德派哲學家可能把這個主體等同於歷史——而是
> 可以與一個世界保持活的聯繫的一個具體主體。這個主體可
> 以是用這個世界來表現自己的藝術家，也可以是通過讀解這
> 一表現而與藝術家結合的欣賞者。的確，在審美經驗中有某
> 種東西求助於先驗的概念。這就是審美對象具有的、根據自
> 己的表現性打開一個世界的能力，以及審美對象本身儘管是
> 給予的、仍然有預示經驗的這種能力……實現世界需要感
> 覺……這種功能對人來說是很自然的。

　　再從主觀殊相來看。人心不同、各師其面，每位作家的才氣稟
賦各有限定，其身處之環境與所遭逢之人生際遇，亦千差萬別，因
此，其所陶鑄成的「性情」就有具體且獨特的精神面貌。這層含義
的「性情」指的是作家主體的天資個性，劉勰認為它是經由才、
氣、學、習等條件所融冶而成，〈體性〉說：「才有庸俊、氣有剛
柔、學有淺深、習有雅鄭，並情性所鑠，陶染所凝。是以筆區雲
譎，文苑波詭者也。」作家個人的主體性情在藝術創作過程中，具

---

❶　見氏著：《審美經驗現象學》，頁 489、477。

有無可取代的作用，它決定著心靈感知的方向，主導著經驗的體會、審美價值的判斷，執行著文學活動的創作進程，職是之故，作品的情志、風格、事類、辭采等構成因素，先天必然地與作家的才氣性情互通。

〈體性〉說：「若夫八體屢遷，功以學成，才力居中，肇自血氣，氣以實志，志以定言，吐納英華，莫非情性。」此處之「情性」所指即為具體生就之個人才情❶，它們與作品的關係是同體性的關係，套用杜夫海納的說法就是「情性」是行為的規律，所以它也是作品的規律。

杜夫海納曾言「作家創造作品，作品表明作者」，這個見解和劉勰的「體性論」若合符契，他說❶：

　　先驗表示一個主體在萬物面前所處的絕對地位，以及主體瞄
　　準、體驗與改造萬物的方式和主體聯繫萬物以創造自己的世

---

❶　在《文心雕龍》文本中，凡涉及作家主體性情的語境，劉勰偏重於遣用「才」、「氣」的字彙以突顯所指。〈程器〉說：「人稟五材，修短殊用。」所以要「因性以練才」，方能達到「才情之嘉會」。故知「才」偏重於能力，而「氣」則偏重於個性。以「氣」來說，「血氣」、「才氣」、「體氣」、「志氣」、「意氣」、「志氣」等，皆指作家獨特的的個性氣質，它們必然制約著作品的整體表現。〈風骨〉云：「魏文稱文以氣為主，氣之清濁有體，不可力強而致；故其論孔融，則云體氣高妙；論徐幹，則云時有齊氣；論劉楨，則云有逸氣；公幹亦云，孔氏卓卓，信含異氣，筆墨之性，殆不可勝，並重氣之旨也。」所以劉勰在〈風骨〉宣明「情」與「氣」的關係密不可分，故云：「情與氣偕」。

❶　見氏著：《審美經驗現象學》，頁 487-488。

界的方式，就如同肉體的先驗是一個獨特的肉體根據自身結構的迫切需要與自己的環境聯繫的方式一樣。實際上，先驗就是一個具體主體借以構成自己的……東西。……情感先驗是獨特的，來自主體的直覺……這種先驗關係是一種獨特本質借以肯定自己、顯示自己的根本行為，是所有特殊行為的源泉，是一種內在性──它為了存在走向和擴散到它自身之外的東西──的必然外在化。在這種先驗關係中包含的不是一個需要認識的世界，一個能成為一種普遍有效的經驗的對象的世界。……這個世界與主體的聯繫如此緊密，以致作為它的基礎的情感先驗就是主體：莫札特就是明朗，貝多芬就是悲愴激烈。

尚須一提的是劉勰在《文心雕龍》中偏用「氣」的辭組來指稱作家主觀面的氣質殊相，它和先驗的性情天賦息息有關，但不能混為一談，「氣」也和「志」、「風」、「才」存有密切的親緣關係，但仍各有所指。概略來說，「志」是由氣所凝定而成的自覺意識，有著明確的心靈指歸，而「風」則是指作家貫注於文本的情感表現力，具有審美的價值，至於「才」則是指作家的才華能力。以〈才略〉為例，劉勰說：「荀況學宗而象物名賦，文質相稱，固巨儒之情也。」謂荀子以其作為一代大儒的才情學力，故能創作出文質相稱的賦作。此處之「情」指的是經過具體化之後的作家才情，而非「意識」（如吳林柏：《文心雕龍》義疏，頁 580）或「情思」（如周振甫：《文心雕龍》譯注，頁 568）。

(三)從文本存在的情志上說

「情」的狹義概念係對文學內容的總稱，它包括萬物的情實、世間的現象、物色的容態、作家個人的情感體驗、智性思辨、人生感懷等。通過創作活動，作家經由文字的書寫，將個人流動於意識域的情感活動經驗，轉化為以文本形式呈顯的情志意蘊。兩者的載體不同，前者是作家其本人，後者是作品其本文，兩者宜加區別，雖然後者因前者而存在，但就藝術而言，作品才是跨越時空限制之客觀存在體。

在《文心雕龍》的文論系統中，以文本形式存在的「情志」兼含思辨性的智性內容和直覺性的情感內容兩大範疇，這是因為劉勰匯聚了北方詩經文學的言志傳統與南方楚辭文學的抒情傳統所致，他將情、志兩者統合為一切作品的內容物，並視之為文學的命脈所在。以下試從各體文類和適宜其文類所當傳達的「情志」作一條列式說明：

<pre>
                   世界
                  ↑ ↓
                   作家
                    ╲╱

      各類文本   各種情志
     （即體成勢）   ←──→   （因情立體）

  ＊   古詩   ………   婉轉附物，怊悵切情
  ＊   樂府   ………   本於心術，情感七始
  ＊   賦體   ………   體物寫志，觸興致情
  ＊   讚體   ………   明事盡情，颺言美惡
  ＊   祝體   ………   祝告鬼神，利民之志
</pre>

＊	銘箴	………	戒訓之義，攻過之志
＊	誄碑	………	表旌德行，序述哀情
＊	哀弔	………	傷痛之情，悲苦之事
＊	諧體	………	怨怒之情，諷戒之志
＊	史傳	………	記言記事，褒貶善惡
＊	諸子	………	博明萬事，適辨一理

由上列說明可知，作家在生活經驗中取得實際的情志題材，或透過胸中情志去聽聞、觀察人生後，將各種各樣的情感事理翻譯為文字，賦形於其所適宜之文體，以實踐其言志抒情之創作工程，即循〈定勢〉所言「因情立體，即體成勢」之進程，故凡是收納於文本形式之內的情感、事物或道理，均從屬於此一層級之「情」概念。在行文上，劉勰有時使用單詞「情」或「志」或「理」或「意」，有時則是使用複音詞「情本」、「情志」、「情源」、「情理」、「情華」、「情致」、「辭情」、「風情」、「情數」……等，其能指變化雖多，但所指的「情」在於「文本存在形式」中的情志。

三、「情」與文學審美現象的關涉

「情」的概念及範疇既已劃定，劉勰就為「情」與文學活動的關係覓得了活水源頭，從文體論、文術論、文評論等……劉勰都可以據此制高點進行闡述。

㈠以文學創作意識為導向的情志活動

情志活動指個人內在於心靈的情懷、志向和感情狀態。情志是就經驗層面而言，指作家內在的總體心靈活動，兼有思辨性的理智

反省，也有經驗性的情感反應內容，它是蘊藏於血肉形軀之內的直覺、知覺、感覺、理解、判斷、體悟、情緒反應、價值觀、生命情操、終極關懷等等的感知活動內容總彙，它的發生條件是以人之所以為人的身心存在及其感知能力為主體因素，與物之所以為物的存在樣態及變化現象為客體因素。

當性情與外物相接，由於萬物皆源出於道的前提已被確認，因此，人與物遂有相召相感的可能，氣化物，物感人，人動心，觸緒牽情的人生體驗就在「目既往還，心亦吐納」的過程中聯類無窮，徘徊於眉間與心頭⓲。劉勰在〈物色〉曾論及人自身與萬象物色之間的情感互滲，他說：

> 春秋代序，陰陽慘舒，物色之動，心亦搖焉。蓋陽氣萌而玄駒步，陰律凝而丹鳥羞，微蟲猶或入感，四時之動物深矣。若夫珪璋挺其惠心，英華秀其清氣，物色相召，人誰獲安！是以獻歲發春，悅豫之情暢；滔滔孟夏，鬱陶之心凝；天高氣清，陰沉之志遠；霰雪無垠，矜肅之慮深。歲有其

⓲　「物我相召」的感應原理可參劉長林：《中國系統思維的三種模式》。劉長林認為「五行學說」、「八卦理論」、「有機系統的原始控制理論」是中國古代的思維方式，他說：「自然界和人世間的一切，按照五行的類分，在同行中發生著『同類相召；同氣相求』的相應聯繫；而在不同行之間，又處於相勝相生的網絡結構之中。於是宇宙呈現為一個有嚴格秩序的循環超大系統，這個超大系統的核心和基本架構是時間和空間的統一。萬事萬物隨四時的運轉發展變化，互相關聯，構成一個不可分割的有組織的整體。」見收於楊儒賓、黃俊傑主編：《中國古代思維方式探索》（臺北：正中書局，1996年），頁335。

物，物有其容；**情**以物遷，辭以**情**發。一葉且或迎**意**，蟲
聲有足引**心**。況清風與明月同夜，白日與春林共朝哉！

　　劉勰用在此段文句的「心」、「情」、「志」、「慮」、
「意」等詞彙，皆指創作主體在經過物我交涉，觸緒牽情之後，自
覺形成的創作意識，它具有強烈的言說欲力，能誘發神思，召喚形
象思維，將蘊藏於作家形軀之內的情志喚出，激發他實踐文學的書
寫活動，以體現這個情感經驗與其所聯結的意義。

　　現代符號美學論者蘇珊·朗格的看法與劉勰遙相契合，她在
《情感與形式》一書中強調，詩人之情感經驗敏銳且深刻於常人，
所以他可以從感情上去觀察自己的或他人的人生經驗，因為他懂得
感情。她說：**[19]**

　　　人對周圍世界做出反應的方式主要是由這種精神活動和感受
　　　決定的。純粹知覺——時而痛苦、時而快樂——往往沒有連
　　　貫性，而且常常要以一種最基本的方式來變換機體對其他苦
　　　樂的感受。在人的生活中，只有那些記憶中的期望中的感
　　　受，只有那些令人畏懼、令人渴望的感覺，甚至只有那些令
　　　人想像、令人迴避的感覺才是重要的。而且，只有那些通過
　　　想像力形成的知性才能把我們所認識的外部世界展示給我
　　　們。而且，也只有連續不斷的思維才能把我們的情感反應整
　　　理為各種具有不同的情感色彩的態度，才能為個人的激情確

---

[19]　見氏著：《情感與形式》，頁 430-431。

立一定的範圍。換言之：借助思維和想像，我們不僅具備了
情感，而且也獲得了**充滿情感的人生**（life of feeling）。

此所以朗格要說：「想像必須靠世界——以新鮮的觀察、聽
聞、行為和事件——來哺育，藝術家對於人類情感的興趣必須由實
際生活和實際感情而引起。」❷⓿因為唯有如此，詩人方能完成使充
滿情感的人生經驗表現為具有生命力的藝術審美對象。她強調❷①：

> 各種現實的事物，都必須被想像力轉化為一種完全經驗的東
> 西，這就是作詩的原則。進行詩轉化的一般手段是語言。述
> 說某件事情的方法，使得這件事具有一種或是漫不經心地，
> 或是鄭重其事地；或微不足道或至關重要；或好或壞；或熟
> 悉或陌生的外在形式。每一種論述總是某種思想的詳盡闡
> 發，每一個給定的事實、假設或者幻想，則主要從它被表現
> 和被接受的方法中獲取其情感價值。

朗格認為：詩人經由周圍世界形形色色的刺激後，可以直接溝
通「腦海中那種短暫的顫動的次序」，當詩人的藝術構思於焉展開
時，他又必須把無數轉瞬即逝的情感衝動納入複雜的語辭結構當
中，以創造出「情感的形式」——藝術。所以，不論是主觀上的人
生情感，或是客觀上的世界事物，只要能引起詩人情感上的激動，

---

❷⓿　同前注，頁 294。
❷①　同前注，頁 299。

它們就能為詩人提供藝術想像,她因此論定抒情詩是「一次情感的風暴」、「一次情緒的緊張感受」、「一種充滿生命力思想的事件」（頁300）。

經由朗格的話語進行〈物色〉的再詮釋,可以細膩地朗現劉勰壓縮於駢體美文之中的審美感興論述,重現他對詩人如何從巧妙錯迭的世界中由感物體物到以文寫物的歷程分析,〈物色〉:

> 詩人感物,聯類不窮。流連萬象之際,沉吟視聽之區;寫氣圖貌,既隨物以宛轉,屬采附聲,亦與心而徘徊。故灼灼狀桃花之鮮,依依盡楊柳之貌,杲杲為出日之容,瀌瀌擬雨雪之狀,喈喈逐黃鳥之聲,喓喓學草蟲之韻。皎日嘒星,一言窮理;參差沃若,兩字窮形。並以少總多,情貌無遺矣。

劉勰從四季更迭的物候變遷與奼紫嫣紅的繽紛景色談及審美感興的源起,指出它們不但是作家情緒的導體,誘發他蘊蓄於內心的種種思緒,同時也是作家在作品中所表現的寫作對象;由於這些自然物色都是有情人眼中的有情世界,因此它們出現於本文時,已浸染著作家鮮明而獨特的情懷。艷耀明燦的桃花、跳躍的草蟲、啁啾喈喈的鳥鳴、風中款擺的依依柳絲、漫天飄舞的飛雪、苦旱下刺眼的烈日……——負載著詩人自身的情志,它們是對人生幸福的憧憬、對愛人的殷切思念、對青春歲月的追慕,或是對現實不滿的訴怨……總之,在物色的感召下,處於特定情境的人自身,某種蟄伏的思慮獲得了喚醒,他的情感因為自我意識的注目而有了焦點,在此情感氛圍的環抱下,人自身的視覺目光、聽覺耳力、膚觸體驗……

都受到情志昂揚的影響，顯得強烈而深刻，且高度地主觀化❷。在此，杜夫海納的見識再度值得重視，他說❸：

> 任何完整的感知都要把握一種意義。正因為如此，感知使我們進行思考或者採取行動。它就是這樣與我們的一生結合在一起。感知不是消極地紀錄一些本身並無意義的外觀，而是在外觀之中或之外去認識亦即發現外觀只向善於辨認它的人交付的一種意義。

　　總之，透過情志活動的中間傳導，詩人與外部世界建立了一種立體的對話關係，他一方面自我開發，自我建構；另一方面他與大千世界雙向交流，意圖辨識其中的意義；最後他必須落實於文字世界的建構，才能體現這個情感經驗，蘊藏好其中的意義訊息。從劉勰所論及的作品來看，匹夫庶婦謳吟桑麻而成樂府歌謠，屈原離居

---

❷　人自身是統攝感知的主體，因此，他以自我的血肉形軀去感覺，自我的情志去體察這個世界就文學而言，這是「情以物興，物以情睹」（〈詮賦〉）的審美感興之道；就文化而言，這是中國傳統的思維模式。吳光明在〈古代儒家思維模式試論──中國文化詮釋學的觀點〉中的論述可以補充說明「情志」的作用，他說：「『我』的心感受到『我』的感覺，藉此統合了『我』的感覺經驗，整個經驗外物的過程都是自覺的。感官感知實在，心智感官統攝知覺。藉由心的統攝，自我才能發揮肯定作用，亦即將感知到的實存整合成為一個景象，再確證此景象作為世界實存景象的感知連結。因此，我用感官來感知，用心智感官來統攝，並藉肯定作用來肯定和確證意義、概念，我們用它們來描述某一情境。」收錄於楊儒賓、黃俊傑編：《中國古代思維方式探索》，頁 43。

❸　見杜氏著：《審美經驗現象學》，頁 372。

懷國，敘情怨，抒壯志而成《楚辭》，潘岳因傷愛兒凋零而作哀辭，君子鑒戒自慎而作箴銘惕志，黎民懷怨惡政而有怨詩諧文之作等……皆足以說明作為審美感興的「情志」是日常再現世界邁向文本表現世界的前導。

(二)以文學審美價值為導向的情志表現

這層含意的「情」指的是作家凝聚於本文形式之內的情志及其所傳達的萬物情實，亦可以稱之為「意蘊」❷。劉勰曾在〈風骨〉將文章與文章所蘊含的情志之關係比擬為「猶形之包氣」，可見他把作品的文字結構體視為物質性的肉體存在，而情志則是使肉體發光發熱的靈質性精神存在，兩者形神相濟，構成一有機生命體，簡言之，一切的藝術都是表達某種生命情感概念的形式。

「情」遍布於各種文體，已如上節表列所述：詩的「情必極貌以寫物」、賦的「致辨於情理」、頌贊的「約舉以盡情」、誄碑的

---

❷ 劉安海、孫文憲主編的《文學理論》對於意蘊的說明值得參考：「『意蘊』的德文是 das Bedeutende，意即『有所指』或『含有用意』的東西，近於漢語的『言之有物』的『物』。黑格爾在其《美學》中通常把它叫做『內容』（Gehalt），並用希爾特的『特性』說和哥德的『意蘊』說來印證自己的『美是理念的感性顯現』說，認為『意蘊』是由藝術作品的『外在形狀』所顯現出的『一種內在的生氣，情感，靈魂，風骨和精神』，剛好對應著『美』的兩種要素：一種是內在的，即內容，另一種是外在的，即內容借以現出意蘊和特性的東西。顯然，藝術作品的意蘊是一種以美為核心的內容，亦即審美意識，它『灌注生氣於外在形狀』而得以顯現自身。因此，我們認為，文學文本的意蘊層作為一種審美的內容，必然與其賴以安身立命的形象體系密不可分，可以說是一種滲透、充溢在藝術形象中的審美情思。」見劉安海、孫文憲主編的《文學理論》（武漢：華中師範大學出版社，2000年），頁124。

「序述哀情」、諧讔的「怨怒之情」、諸子的「情辨以澤」、論說的「敷述昭情」、議對的「事切而情舉」、書記的「陳列事情」……真可謂源泉滾滾，潤澤文府，周流而不息。

　　「情」也與文學的審美構成要素相互協作，在風骨的表現上，述情要怊悵駿爽，並應與靈活穩健的文骨相互搭配，作品才有奮進的生命力。在通變的關節上，要「憑情以會通，負氣以適變」，作品才能「騁無窮之路，飲不竭之源」。在體勢的運遣上，要「因情立體，即體成勢」，作品的風格才會道地有本色。試以簡表顯示如下：

各種文術	文情的審美配置原則
神思	神用象通，「情」變所孕
體性	「情」性所鑠，陶染所凝
風骨	「情」之含風，猶形之包氣
通變	憑「情」以會通，負氣以適變
定勢	因「情」立體，即體成勢
情采	「情」者文之精，辭者理之緯
鎔裁	「情」理設位，文采行乎其中
聲律	標「情」務遠，比音則近
章句	宅「情」曰章，位言曰句
比興	起「情」故興體以立
隱秀	文「情」之變深矣

　　劉勰在「文術論」之首，專設〈情采〉闡述作為意蘊的「情」必須與文學形式的審美質素「采」體用相濟，才能在辯麗芬芳的審

美形象下實踐「情」的傳達化感之功能,換個方向論述亦然,即唯有在辯麗芬芳的審美形式中,「情」的傳達化感之功能才得以圓成。因此,自〈情采〉以下,任何的修辭手段都必須「以情志為神明」;而各式各樣的「情」也都需要「采」來充足實現其意蘊。如〈鎔裁〉在於「不離辭情」,〈聲律〉應「標情務遠」,在章句上也要「控引情理」,使「明情者總義以包體」,在比興手法的操作上,要以「起情」為前提。

以「聲律」來說,劉勰絕非膚泛地僅止於聲調的抑揚考求而已,他能從人類的心理與生理之間的變化來審度語音和聲律的天賦性、情感性、表現性,〈聲律〉:

> 夫音律所始,本於人聲者也。聲和宮商,肇自血氣,先王因之,以制樂歌。故知器寫人聲,聲非學器者也。故言語者,文章神明樞機,吐納律呂,唇吻而已,⋯⋯故外聽之易,弦以手定,內聽之難,聲與心紛,可以術求,難以辭逐。

在此,不妨再度參酌蘇珊·朗格的審美理論,她和劉勰一樣強調聲律的思維及情感表現性❷:

> 語言的這種能力確實十分驚人。僅僅是它們的發音就往往能影響人們關於詞彙原意的情感。有韻句子的長短同思維結構長短之間的關係,往往能使思想變得簡單或複雜,使其中內

---

❷ 見氏著:《情感與形式》,頁299。

含的觀念更加深刻或淺顯直接。賦予語言以節奏的強調性發音，發音中元音的長短，漢語或其他難得理解的語種的發音音高，都可以使某種敘述方式比起別的方式來顯得更為歡愉，或顯得倍加哀傷。這種語言的韻律節奏是一種神秘性格，它或許能證明至今還完全沒有進行探索的思維與情感的生物學統一性問題。

就文術論而言，劉勰提出「情」的審美表現法則如下：

1. 優先性：要為情而造文，遵循「首引情本」、「情動而言形，理發而文見」、「設情以位體」的先後進程。

2. 真摯性：情感要真摯不詭，誠懇不造作。落實「為情者要約而寫真」、「情信而辭巧」的表現原則。

3. 切當性：在與文體的配合上，情要得「體」，也就是得其文體之表情原則，如此之情，方是「當位」之情。所謂「因情立體，即體成勢」。

4. 豐富性：情感要深厚飽滿，才能怊悵切心，情韻有餘。

四、結論

從生之所以然的「人稟七情」，落實到個別作家剛柔殊異之氣與庸俊不同之才，創作主體因「睹物興情」而「情以物遷，物以情觀」，於是「志思序憤」，欲敘情怨，以吟詠其情性。此時，「辭以情發」的寫作活動於焉開始。他準備「為情而造文」。

創作構思之際，他的情意鼓蕩於胸次，「登山則情滿於山，觀海則意溢於海，我才之多少，將與風雲而並驅矣！」然而，神思方

運之時，情饒歧路，萬塗競萌，再加上文學的本色不離意象與文字，因而他可能勞情竭思地捕捉著那撲朔迷離的意象和神出鬼沒的文辭。劉勰建議，此時創作者宜從容率情，不必劬勞於辭情，以免神困志傷，精氣內銷。作者要率志委和，虛靜以應，才能理融而情暢，因為「此性情之數也」。

臨篇綴文，創作者應控引情源，必令情志為其神明關鍵，然後設情以位體，順情以入機，使文辭盡情，情與氣相偕，如此，必能情發而理昭，怊悵入人情，不但作者所欲表現之對象情貌無遺，而且物色盡猶情有餘，整個作品的芬芳情采凝成一體。

文成以後，知音者既可以披文以入情，亦可以從「六觀」剖情析采，作出適當而公允的審閱，至於終極的文學標的，不論是就情動而辭發的綴文者而言，或是就披文以入情的觀文者而言，兩者皆是發於情、致於情、該於情、達於情，而能調節壅滯的心情，因為文學的社會價值是性情的陶鑄，這是劉勰信守人為五行之秀的人本精神立場。

劉勰論述「情」在文學世界及創作活動中的地位與作用，依俗情來看，似乎不必如此大費周章地從化外之境談起，也無須布下天羅地網地把所有的「情」一網打盡，他可以實事求是，直接鎖定文學的內容和人的七情六慾來談，然而，這正是他文論體系博大精深的勝境。劉勰秉持著他一貫的有機系統思維和思辨性極強的邏輯模式❷❻，為《文心雕龍》中的「情」關建了一個層次分明、類聚有

---

❷❻ 有機系統理論是借鏡於生命體的結構啟示所開創的社會科學方法，由奧地利生物學家貝塔‧朗非率先提出。其所揭櫫的原則是：整體性、結構性、層次

貫，且又統一協作的概念範疇，如此一來，「情」就既有其形上思想的根據，也有其形下世界的體現，文學世界的「情」遂有了源頭活水，而相關的文情審美規範，才有穩當的理論根據，由此出發，他確立文學的創作準則是「情者，文之經；辭者，理之緯；經正而後緯成，理定而後辭暢，此立文之本源也。」（〈情采〉），除此，他還主張文學的情致意蘊須和文本的審美形式靈肉相濟，而文學的體式、辭理、風趣、事義也必然與作家的性情才略表裡相應；從文學的根本內容來看，「情」納須彌於毫芥，在白紙黑字的文本世界中，它吸納了人情世事、自然物色，因而得與大千世界聲氣相通。由是而知，劉勰對「情」的範疇設定，使得物－情－言；天－地－人，盡在這個廣闊的情網之中呼吸偃仰。「體大思精」的讚揚洵非虛譽。

　　當代西方美學家杜夫海納在其《審美經驗現象學》一書中的第四編《審美經驗批判》，曾從情感先驗的觀念說明它是人類認識世界的條件與特性，也指出情感特質既內在於創作者，也內在於作品，是作品的思想、靈魂，從情感範疇來說，杜夫海納認為它正是人性的範疇，在被審美化的對象中，作為主體的人向世界自我開放，作為另一主體的世界也向人透露意義，兩者二元合流，閃耀著

性、最優性。在文學範疇中，有機系統理論亦有極佳的操作性。我們可以將作品理解為是由部分與部分，依序逐層且分級地相互協作所構成，各層級有其專司之職能而又須與其他層級聲氣相通，彼此合作，以達到一個最優的狀態。不獨文學作品，文學理論體系之建構原則亦可如是觀察。可參尤雅姿：〈文心雕龍在生命機體結構上的理論表現〉《第三屆通俗文學與雅正文學研討會論文集》（臺北：新文豐出版公司，2002 年），頁 459-502。

人性情感特質的輝光，審美價值及精神生命的價值在情感範疇之中
獲得了建立❷。這些卓然不凡的理論見地，使杜夫海納被喻為當代
現象美學家的巨擘。令人驚奇的是，劉勰在一千五百年前所闡建的
「情采」理論，竟和杜夫海納的情感範疇理論若合符節。另一位符
號美學家蘇珊朗格，她從符號學的立場建構藝術理論，認為藝術是
一種有表現力的形式，除了內容的情感結構外，藝術形式的審美外
觀更是作品實現的物質基礎，兩者缺一不可❷，朗格之說亦深得彥
和之志。

　　一千五百年餘前，劉勰殺青了《文心雕龍》，他對這部標心於
萬古之上，送懷於千載之下的文藝哲學理論有著極深的期待，但也
感於「茫茫往代，既沉予聞；眇眇來世，倘塵彼觀。」（〈序
志〉），在滔滔的歷史洪波中，他擘肌分理的中國古典文學理論體
系能否超越時空而存在？當代，和他素昧平生的美學理論者屢能和
他的《文心雕龍》相呼應，看來，劉勰「一朝為文，千年凝錦」的
創作願景業已實現，銷解了他形同草木之脆的生命遺憾。

---

❷　杜夫海納說：「用情感範疇來對這個世界加以確認表現的是一個接受的主體
　　意識的絕對地位，即這個主體意識承擔的人類系數。」見氏著：《審美經驗
　　現象學》，頁 534。

❷　蘇珊·朗格認為藝術是表現人類主觀情感的客觀符號形式。除了生命騷動的
　　人類情感外，以一組物質材料創造出具有表現力的作品形式，也是藝術的構
　　成要件。她說：「詩歌總要創造某種情感的符號，但不是依靠復現能引起這
　　種情感的事物，而是依靠組織的詞語──荷有意義即文學聯想的詞語，使其
　　結構貼合這種情感的變化。」朗格的理論頗能映襯劉勰的「情采」、「風
　　骨」之說。參氏著：《情感與形式》，頁 267。

第三章　《文心雕龍》關於生命機體的理論運用

一、前言

　　成書於一千五百年前的《文心雕龍》曾被魯迅（1881-1936）推崇為「東則有劉彥和之《文心》，西則有亞里士多德之《詩學》。」❶魯迅的話擲地有聲地標榜了《文心雕龍》的價值，說它既在東方的文壇上享有獨步群倫的卓越地位，在西洋詩學的領域內也足與亞里士多德的成就並駕齊驅。針對前賢鄭重稱道的《文心雕龍》，其文學理論果真具有普遍性、超越性的學術價值？能否經得起當代風起雲湧的理論挑戰？若從西洋哲學、美學的角度切入，劉勰的《文心雕龍》是否可以叩之大者則大鳴，叩之小者則小鳴？

　　西元一九九九年，本人曾嘗試作一大跨度的異時空與異文化的文學理論比較，將《文心雕龍》的作品結構理論與二十世紀的波蘭哲學美學家——羅曼·英加登（Roman Ingarden，1893-1970）他所獨創的現象學派文學本體論對勘，從中驗證到劉勰嚴密清晰的思維體

---

❶　魯迅：《詩論題記》，見《魯迅研究年刊》創刊號。

系，以及在此體系上建構的文論精義確實是歷久彌新，與時俱進，實現了他「一朝綜文，千年凝錦，餘采徘徊，遺風藉甚」（〈才略〉）的宏願。❷

經過了這樣的研究嘗試，發現這應該是賦予《文心雕龍》以時代新意，再塑其文論價值的可行之道，值得開拓。本文即擬循此方向，以「生命機體」的美學理念作為討論的焦點。這個研究動機的產生除了受到當代西方美學思潮中的「完形心理學派」（Gestalt psychology）安海姆（Rudolf Arnheim，1904-2007）之啟發外❸，也從黑格

---

❷ 詳參尤雅姿：〈文心雕龍之作品結構理論闡微——取徑英加登之現象學文論〉，收於《文心雕龍國際學術研討會論文集》（臺北：文史哲出版社，2000 年），頁 529-562。

❸ 「完形」指的是「完形的內在關係」（Gestalt contexts），旨在說明藝術作品中各種元素之動力平衡關係。「完形」或譯為「格式塔」，它是德文「形」（die Gestalt）的音譯。完形心理學的基本理論是「部分之總和，不等於整體，因此整體不能分割；整體是由各個部分所決定，反之，各部分也由整體所決定。」完形心理學著重分析和綜合互相結合的研究方法，並從有機整體的角度分析藝術現象，主張在一個藝術場域中，各種構成元素在動態的組成過程中，形成一個自我完滿而平衡的整體——完形。在一個完形中，任何元素的改變都會影響整體以及各部分之本來特性；反之，整體的改變也會影響到整體的原貌和各部分的功能。所以安海姆認為藝術作品的完形表現於包含在一件作品中的各種力所組成的有機整體。又，完形心理學的創始人維臺默（Max Wertheimer）在 1912 年的「似動現象實證」中發現：在一定條件下，靜止的各個部分卻能夠產生運動的整體效果。這個藝術理論也有助於瞭解文學作品中的「力」與「勢」原理。以上可參：劉思量著：《藝術心理學》（臺北：藝術家出版公司，1992 年），頁 202-225。朱立元、張德興著：《現代西方美學流派評述》（上海：上海人民出版社，1988 年），頁 272-298。毛崇杰著：《存在主義美學與現代派藝術》（北京：社會科學文獻出版社，1988 年），頁 46-47。

爾（G.W.F. Hegel，1770-1831）的《美學》吸收了關於生命機體的理念說❹，此外，王師更生亦曾指出：「《文心雕龍》常用人體各部分的構造，來比喻文章。」❺黃維樑也曾運用「新批評派」的「有機統一體」（Organic Unity）闡述劉勰對作品結構的看法。❻在這些著述的學思誘導下，生發了本文的研究構想，希望能進一步探究《文心雕龍》中關於生命理念的內在察覺，以及劉勰實際運用於文學理論的情況，若能因此而可更翔實地詮釋全書「以少總多」、「稱名也小，取類也大」的術語意涵，則是衷心的期盼。

檢索全書，發現《文心雕龍》引植物組織和人體結構以喻文章原理的有：「銜華而佩實」（〈徵聖〉）、「根柢槃深，枝葉峻茂」、「極文章之骨髓者也」（〈宗經〉）、「骨鯁所樹，肌膚所附」（〈辨騷〉）、「繁華損枝，膏腴害骨」（〈詮賦〉）、「甘意搖骨髓，豔詞動魂識」（〈雜文〉）、「披肝膽以獻主，飛文敏以濟辭」（〈論說〉）、「雖有次骨，無或膚浸」（〈奏啟〉）、「諛辭弗

---

❹　黑格爾的有機統一論，是對作品內容與形式關係問題的哲學處理。在西方，持此論者不少，從亞里斯多德到黑格爾、別林斯基、托爾斯泰等均是；然其中又有差異，亞里斯多德、別林斯基和托爾斯泰等的有機統一論，是針對作品的結構而言，強調形式的完整性和有機性。黑格爾所論則是內容與形式相互依存的有機統一論。亦是劉勰在《文心雕龍》所宣揚的文學典範。參童慶炳著：《文體與文體的創造》（昆明：雲南人民出版社，1999 年），頁 284-286。

❺　見王師更生註譯：《文心雕龍讀本》（臺北：文史哲出版社，1983 年），頁388。

❻　參黃維樑著：〈精雕龍與精制甕——劉勰和「新批評家」對結構的看法〉，收於《文心同雕集》（成都：成都出版社，1990 年），頁 114-131。

剪，頗累文骨」（〈議對〉）、「辭為膚根，志實骨髓」（〈體性〉）、「辭之待骨，如體之樹骸；情之含風，猶形之包氣」（〈風骨〉）、「木體實而花萼振，文附質也」（〈情采〉）、「駢拇枝指，由侈於性；附贅懸疣，實侈於形」、「百節成體，共資榮衛」（〈鎔裁〉）、「造化賦形，肢體必雙」、「體植必兩，辭動有配」（〈麗辭〉）、「詩人比興，觸物圓覽，物雖胡越，合則肝膽」（〈比興〉）、「異體相資，如左右肩股」、「單複者，字形肥瘠者也。瘠字累句，則纖疏而行劣；肥字積文，則黯黕而篇闇。」（〈練字〉）、「以情志為神明，事義為骨髓，辭采為肌膚，宮商為聲氣」、「善附者，異旨如肝膽」（〈附會〉）、「輕采毛髮，深極骨髓」和「擘肌分理」（〈序志〉）等等；此外，諸如「心」、「性」、「氣」、「形」、「體」、「力」等的相關辭彙，在全書的使用亦十分普遍，而且絕大多數是服膺於其文論系統地在使用著。

　　這些豐富的現象意味著《文心雕龍》與生命有機體概念的密切關係，即使它們出現的語境是文學理論，而非生物科學，也不足以質疑這些辭彙所透顯出的生命理念，更何況它們竟涵蓋了人體的主要生命系統，例如：骨、骨髓、肩股、百節、肢體等名詞所指涉的骨骼系統；肌、肌理、肥瘠等所指涉的皮膚系統；又如血氣、榮衛之於循環系統；肝、膽之於消化系統；氣、吐納、聲氣、鼻之於呼吸系統；耳、目、鼻、口、魂識、神明之於神經系統等，可見這些名稱的出現並非是偶然湊泊的譬喻用語而已，乃是出自於劉勰體大慮周的思維網絡。

二、生命機體的文學意義

　　雖然本論文的研究興趣旨在探索文學理論中的生命機體理念，可以無需徵實它們在人體生理結構上的詳情，但是為了方便於文學理論和生命機體的水平對話，在此仍概要簡述人體的構造情形。

　　人體係由總數約五百億個細胞所構成，細胞是組成身體的微小結構群，它們構成人體的骨骼、肌肉、神經、皮膚、血液和其他器官與身體組織。所謂的身體組織是由數百萬個細胞連結成的細胞群，它們共同執行一項特定的工作。一種或多種的組織類型又再進行組合，以構成身體的主要部分——器官。一組不同的器官能分工合作，共同完成一種特定的工作，這樣的一組器官稱為人體系統。人體的主要系統包括：骨骼系統，它們提供身體一副強壯而靈活的支撐框架；肌肉系統，它們提供人體活動自如的牽引力；皮膚系統，它們包括皮膚、毛髮，會依照皮下的肌肉形成覆蓋在人體表面的皮膚；神經系統，它的中樞器官是腦，它從身體的主要感官獲知體外世界的訊息；這些感官包括眼、耳、鼻、舌、身等，腦負責把整個身體聯繫起來。循環系統，執行心臟與動脈、靜脈的血液循環。呼吸系統，執行吸收氧氣，呼出二氧化碳的生命任務。消化系統，負責飲食以吸收維持生命所需要的能量，以及促進生長與修復組織的建構物質。除此尚有淋巴系統和排泄系統擔負循環調節與排泄的功能。❼

　　面對這樣的生命機體結構，我們不免反思：究竟它和文學或藝

---

❼　參史提夫·帕可：文、吉里安諾·佛爾納里：圖：《人體探索圖集》（The Body Atlas）（臺北：臺灣英文雜誌社，1994 年），頁 4-9。

術作品在結構特性上有什麼關連？

很明顯的事實是——文學作品不是一個生命機體，而且它也沒有實質的身體，及對自己身體的自主性；它之所以能存在和擁有存在的形式，大部分得仰賴作家對它的創作活動和讀者對它的閱讀活動來圓成；故知，生命機體的概念只能在借此喻彼的視窗上觀察文學作品的構造性質，不過，它確實具有某種生命機體的典型特徵，提供寬廣的研究領域給有興趣者。以下略述美學先驅在這個領域內的建樹。

黑格爾在《美學》第一卷〈藝術美的理念或理想〉中，曾從「理念作為生命」此一原則論述生命有機體的存在性質，並根據此一性質闡發藝術美。他認為生命的理念在現實的有生命的個體裡具有以下三個特徵。❽

第一：生命必須作為一種身體構造的整體，才是實在的。

第二：這種整體不能顯現為一種固定靜止的東西，而是要顯現為觀念化的繼續不斷的過程，在這過程中要見出活的靈魂。

第三：這種整體不是受外因決定和改變的，而是從它本身形成和發展的，在這過程中它永遠作為主體的統一和作為自己的目的而與自己發生關係。

---

❽　見黑格爾著，朱孟實譯：《美學》（臺北：里仁書局，1981 年），頁 169-170。

　　綜合而言，生命概念主要是依生命體的整體性以明個體的完整統一性。所謂完整統一，既非一團混沌，也不是單調的一再重複，而是各個器官、系統雖具有各自獨特的功能，但它們彼此補充，互相確定，幫助其他器官實現它們的功能，所以，一個有機體的生命是由各種依等級、按次序的器官系統所共同完成的；此外，任何一個器官的功能不論是過強，或是過弱，都會干擾到其他器官的功能，影響到整體結構上的平衡；不過，作為一個完整而統一的生命機體，「自我調節」的功能會發揮補償的修復動作，只要這種干擾並不過分嚴重，那麼有機體仍然能維持住平衡運轉的狀態，而不會瓦解破局。又，沒有一個有機體的器官是獨立自足的，所以不可以從有機體的整體結構中將部分給分離出來，一旦離開有機體，生命體將會死亡。❾黑格爾說：「例如割下來的手就失去了它的獨立的存在，就不像原來長在身體上時那樣，它的靈活性、運動、形狀、顏色等等都改變了，而且它就腐爛起來了，喪失它的整個存在了。只有作為有機體的一部分，手才獲得它的地位，只有經常還原到觀念性的統一，它才具有實在。」❿

　　依據整體性的原則來理解文學作之構成，就能更深刻地體察到劉勰周流在「剖情析采、籠圈條貫，摛神性，圖風勢，苞會通，閱聲字」中的美學理念。首先是從「疏瀹五藏，澡雪精神，積學以儲寶，酌理以富才，研閱以窮照，馴致以懌辭」地建立作品的神經中

---

❾　參羅曼·英加登著，陳燕谷等譯：《對文學的藝術作品的認識》（臺北：商鼎文化出版社，1991 年），頁 74-77。

❿　同注❽，頁 168。

樞，繼而在「才、氣、學、習」之中構成作品獨特的個性，這個屬性「可以作為推斷全體各部分必有的形狀和互相依存關係所根據的指導原則」❶，也就是文學作品的體性，它是由作家內藏於其性，作品外顯於其體，兩者一而二，二而一所共同鎔鑄成的獨特風格。英加登說：❷

　　每一部文學的藝術作品都和人類活動的所有其他產品一樣，顯示出一系列特性或要素，它們在作品中的出現不僅同它的創造者的一般特徵，而且同他的心理構成的特徵和他的個人心理生活處於或多或少的功能依存關係中。例如，這一點適用於作品語言的某些獨特性，它使用的特殊措辭，特殊的句子結構，再現客體的獨特特徵與組合，描繪的方式以及它們得以呈現出來的圖式化外觀的選擇等等。所以這些都有助於理解作家在創作時發生的心理現象或者他作為心理機體的許多特徵。

---

❶　同注❽，頁 176。黑格爾在此舉法國科學家居維葉（Cuvier，1769-1832）關於解剖學上的發現來說明藝術在結構組織上的定性，他說：「例如居維葉在推證時對於動物的內容豐富的定性和統攝全種類的特性都已瞭如指掌，這些定性和屬性成為同一動物身體中各個別的互相差異的部分的統一原則，根據這個原則，他就可以推斷全體的形狀。這種定性就是……形成全體各部分的結構組織的規律。」這個論點有助於豐富〈體性〉論及作家創作個性與作品風格的關係，對於〈定勢〉、〈章句〉從作品客觀體製以探作品文體形成之作用亦有俾益。

❷　同注❾，頁 80-81。

除了〈神思〉、〈體性〉飽含理念與真實合一的整體性特徵外,〈風骨〉、〈定勢〉、〈情采〉、〈鎔裁〉也要從整體性上把握作品的結構原則,注重各要素之間的有機聯繫,以及要素在整體中的功能實現,以〈鎔裁〉為例,劉勰將作品的構成依序區分為三個層次,各個層次分別具有其基本的異質性,功能性;然又必須互相聯繫調節,好共同完成情周辭運的理想篇章。〈鎔裁〉說:

> 草創鴻筆,先標三準。履端於始,則設情以位體;舉正於中,則酌事以取類;歸餘於終,則撮辭以舉要。然後舒華布實,獻替節文,繩墨以外,美材既斲,故能首尾圓合,條貫統序。若術不素定,而委心逐辭,異端叢至,駢贅必多。故三準既定,次討字句,句有可削,足見其疏;字不得減,乃知其密。

就文學作品形成的歷程中,其時間序列依次為:初始階段的「履端於始」,中期發展階段的「舉正於中」,後期完成階段的「歸餘於終」。在空間序列來說,則依有機體的生命構成層級分為:核心範圍的「設情」系統,中間位置的「酌事」系統,外表所在的「撮辭」系統。每一個系統必須實現其個別的、從屬的功能,它們分別是「位體」、「取類」、「舉要」。上述三層異質的功能必須互相依存,緊密聯繫,才能實現整體的生命機能,所以要各個系統彼此協作,發揮獻替調節的功用,以維護有機體的各個部分共同構成一個和諧平衡的整體,因此要「舒華布實,獻替節文,繩墨以外,美材既斲,故能首尾圓合,條貫統序」。又因為沒有一個有

機體的器官是孤立自足的，所以一旦從有機體的整體中游離出來，那一個個別的器官必然會衰弊，所以不能「委心逐辭」，否則「異端叢至，駢贅必多」。此外，有機體的功能系統既然是分等級次序地和同它們相適應的機體結構緊密相繫，那麼在「三準既定」之後，自然要由上而下，自內至外地營造先後彌縫，表裏符契的形象，使文章具有完全一體化的有機結構。這就是「句有可削，足見其疏；字不得減，乃知其密」。

上述的結構性特徵也體現於文術論之中的〈聲律〉、〈章句〉、〈麗辭〉、〈比興〉、〈夸飾〉、〈事類〉、〈練字〉和〈隱秀〉，且又在〈附會〉、〈總術〉作宏觀論述。根據《文心雕龍》的理論文本，發現劉勰對於文學作品的結構分析，既能從各個差異面說明各個構成部分的基本特性和其被確定的功能；也再三強調，各個構成部分必須從屬於作品的統一體，其主要功能才會充分實現，各個構成部分雖然互有差異，但它們並不會因此齟齬衝突，而是在各自的等級次序中與其他部分協作。以聲音層次而言，要明白「聲含宮商，肇自血氣」，所以不徒注重「絃以手定」的「外聽」，還要謹守「聲與心紛」的「內聽」。在章句結構方面，更要注意字、句、章、篇的層次序列，講究字與句、句與章、章與篇之間遞進的關係，以及篇與章、章與句、句與字之間的下行關係，此外亦不能疏忽字句章篇之與情志的表裏關係，〈章句〉說：

> 夫設情有宅，置言有位；宅情曰章，位言曰句。故章者，明也；句者，局也。局言者，聯字以分疆，明情者，總義以包體，區畛相異，而衢路交通矣。夫人之立言，因字而生句，

積句而成章，積章而成篇。篇之彪炳，章無疵也；章之明
靡，句無玷也；句之清英，字不妄也；振本而末從，知一而
萬畢矣。

其他如〈麗辭〉雖在經營俳偶的修辭藝巧，但仍標舉「理圓事
密，聯璧其章」的綱領，否則再精巧的言對、事對，也因為違反機
體原則而「浮假無功」，所謂「氣無奇類，文乏異采，碌碌麗辭，
則昏睡耳目。」附帶一提的是：劉勰在〈麗辭〉的譬喻用語及對平
衡整齊的美學理念，竟然與黑格爾不謀而合。劉勰以「造化賦形，
支體必雙」的身體形式特徵，類推到「神理為用，事不孤立」的
「麗辭」，認為兩者皆「自然成對」，他又強調一致性與不一致性
地交錯排列方式，能使對偶整齊的靜態美也含有變化的流動感，所
謂「迭用奇偶，節以雜佩，乃其貴耳」。而黑格爾除了覺察「有機
自然和無機自然的形體在它們的大小和形式上都是整齊一律和平衡
對稱的。例如人的身體組織有一部分就至少是整齊一律和平衡對稱
的。我們有兩隻眼睛，兩個胳膊，兩條腿，同樣的坐骨，肩膀骨等
等。在其它部分情形就不如此，例如心、肺、肝、腸等等就不是整
齊一律的。」⓭他更聲明以一致性的形式結合諸如大小、地位、形
狀、顏色、音調上的差異性，使外在的形式產生平衡對稱，符合規

⓭　同注❽，頁 190。黑格爾認為整齊一律，平衡對稱，是符合規律、和諧的形
　　式美，但整齊一律是在一致性中尋求「量」的一致關係，而平衡對稱，是在
　　一致性與差異性中組構「質」的秩序美，所以包含了量的關係與質的關係。
　　在〈麗辭〉中的言對、事對、正對、反對等俳偶美，亦可以透過這個觀點來
　　進一步認識。

律與和諧的美。而劉勰在〈麗辭〉的贊文中則說：「體植必兩，辭動有配。左提右挈，精味兼載。炳爍聯華，鏡靜含態。玉潤雙流，如彼珩珮」他與黑格爾有志一同地揭櫫作品在質量關係上所構成的平衡對稱美。

其餘相關篇章，如〈比興〉的「物雖胡越，合則肝膽」，或是〈夸飾〉的「飾窮其要，則心聲鋒起，夸過其理，則名實兩乖」以及〈事類〉的「眾美輻輳，表裏發揮」……等理念，莫不符合生命機體的結構特性，甚至於以完形心理學派的「整體性」（wholeness）來檢測，亦有當仁不讓之姿，這個理論的基本原則是「部分之總合，不等於整體，因此整體不能分割；整體是由各部分所決定，反之，各部分也由整體所決定。」**❹**又，完形學派的「力」、「場」、「向量」論點，主張以有機整體的眼光看待包含在藝術作品中的各種力的作用關係，並因而使作品散發著活躍的生命力，這些卓越的洞見也早為劉勰所掌握，他在〈定勢〉曾探討「形生勢成，始末相承」的原理。**❺**

總之，生命機體的美學理念能兼攝分析與綜合，宏觀與微觀，秉持實現作品情志此一主要功能的自為目的，依序發揮各層次的存在意義，以利完成理想的文學作品。

---

❹ 參劉思量著：《藝術心理學》（臺北：藝術家出版社，1992 年），頁 202。

❺ 安海姆認為「與有機體關係最為密切的東西，莫過於那些在它周圍活躍著的力——它們的位置、強度和方向。」又說「造成表現性的基礎是一種力的結構。」參朱立元、張德興著：《現代西方美學流派評述》（上海：上海人民出版社，1988 年），頁 274-280。

三、生命機體在文學評論中的運用

　　生命有機體原是衍自於生物範疇的科學概念，它的對立面是物質存在中的無機物構造體。無機物包括化學中的各種元素、化合物或聚合物等。有機體則是以無機物質為構造成分，並且依有機組織的方式所完成的生命個體。這樣看來，有機體和無機物的基本構成物都是元素以及化合物，既然如此，在這個物質基礎上，兩者顯然沒有太大的屬性差異，但是若就有機體的組織規模、其分工合作的運作網絡，以及各層結構均以維護生命活力為主要功能等的特徵來作辨識，那麼有機體的生命形式就和無機物的物質形式涇渭分明，兩者在組織特性上的差異已昭晰可見，更遑論在有機體的諸多生命形態中，尚有萬物之靈的人類，他們的情思既內藏於心也外顯於形，是合靈魂與形骸於一體的獨特生命形式。

　　經由上述的概念聯想，古今中外有不少理論家著眼於生命結構體的模式，藉以分析文學藝術作品，如柏拉圖（Plato，429BC-327BC）曾在《費鐸羅》（*Phaedrus*）宣示其重要的文學觀點：**⓰**

> 每篇論說都必須這樣組織，使它看起來具有生命。就是說，它有頭有腳，有軀幹有肢體，各部分要互相配合，全體要和諧勻稱。

又，亞里斯多德（Aristotle，384BC-322BC）在《詩學》（*poetics*）中也

⓰　同注**❻**，頁 125。

說：**⑰**

> 一個結構優良之情節不能在任意的一點上開始或結束；其開
> 始與結束必須依照上述方式。再者：為了求美起見，一個活
> 的生物與每一由部分組成之整體不僅在其各部分之配置上呈
> 現一定之秩序，而且要有一定的大小。美與大小及秩序相
> 關。

　　當然，這類視文學作品結構為有機統一體（Organic Unity）的例
證不勝枚舉，而且最重要的是，它不分古今中外，具有理論上的普
遍性，不僅西洋文論多所引申致用，在我國也有源遠流長的發展軌
跡，如〈太史公自序〉即從人體的形神關係立論，既強調神是生命
的大本，又指出形神不可分離的生命特性，司馬談的這個思想要旨
為魏晉美學的形、神論作了學理上的鋪墊，他說：**⑱**

> 凡人所生者，神也，所托者，形也。神大用則竭；形大勞則
> 敝；形神離則死。死者不可復生，離者不可復反，故聖人重
> 之。由是觀之，神者，生之本也；形者，生之具也。不先定
> 其神，而曰我有以治天下，何由哉？

---

⑰　見亞里斯多德著，姚一葦譯註：《詩學箋註》（臺北：中華書局，1993
　　年），頁 79。
⑱　詳《太史公自序》。

又，《淮南子》也曾在〈俶真訓〉、〈原道訓〉提到感官系統雖然是接收刺激及作出動作的實體，但它們必須互相協調配合，形體才能發揮各官能的功用，此外，耳目、手足、百節均得服膺於心志的精神指使，可見這些哲學理念也扣緊了人體的身心結構作說明，《淮南子》：❶

> 夫形者，生之所也；氣者，生之元也；神者，生之制也。一失位，則三者傷矣。……今人之所以眭然能視，營然能聽，形體能抗，而百節可屈伸，察能分白黑、視醜美，而知能別同異、明是非者，何也？氣為之充而神為之使也。何以知其然也？凡人之志，各有所在，而神有所系者，其行也，足蹟趏垳、頭抵植木而不自知也，招之而不能見也，呼之而不能聞也。耳目非去之也，然而不能應者，何也？神失其守也。

這一類的有機體觀念其後經常被運用在對詩歌、散文的作品結構分析上，甚至於書畫、戲劇亦無所不包，顯見藝術作品的形式結構確實蘊藏著文評家所洞燭到的生命機體之組織特色，宋人陳善在《捫虱新話》中即以活靈活現的常山之蛇譬喻文章之氣勢宜盤旋矯捷，機敏靈動，洋溢著牽一髮而動全身的精神與活力，陳善說：❷

> 桓溫見〈八陣圖〉曰：「此常山蛇勢也。擊其首則尾應，擊

---

❶　《淮南子·原道訓》。

❷　見楊義著：《中國敘事學》（嘉義：南華管理學院，1998 年），頁 83。

其尾則首應，擊其中則首尾俱應。」予謂此非特兵法，亦文
章法也。文章亦要宛轉回復，首尾相應，乃為盡善。山谷論
文亦云：「每作一篇，先立大意。長篇須曲折三致意，乃成
章耳。」此亦常山蛇勢也。

「常山蛇勢」意謂文章的首、中、尾各部分不能缺乏聯絡往來
的生氣，各個部分都要有所司亦要有所本，以共同組成一個有機而
完整的藝術體勢，如常山之神蛇般靈敏活絡。清代李漁在討論戲曲
結構時，則提出「立主腦說」，認為主腦是作品結構的首要條件，
他說：**㉑**

古人作文一篇，定有一篇之主腦。主腦非他，即作者立言之
本意也。傳奇亦然……至於結構二字，則在引商刻羽之先，
拈韻抽毫之始。如造物之賦形，當其精血初凝，胞胎未就，
先為制定全形，使點血而具五官百骸之勢。倘先無成局，而
由頂及踵，逐段滋生，則人之一身，當有無數斷續之痕，而
血氣為之中阻矣。

李漁對於作品結構的系統解析，完全根據人體生命的構成進行
說明，從主腦為樞機中心，而至五官、百骸、一身等逐層遞升，以
及由內而外的滋生賦形過程。他依此而認定一部優秀的戲曲作品結
構亦當如是完成。這樣的觀點不但和柏拉圖、亞里斯多德對情節結

㉑　同注**❻**，頁 127。

構的看法如出一轍，而且更加細膩。

以上不殫其煩地徵引關於生命機體結構的文學論點，主要是想說明這個現象的普遍性，以及生命機體結構特點確實和成功的藝術形式之組織原則極為一致，即使這些文學術語多半是被取用為譬喻語，如同詩「心」、文「眼」、奪「胎」換「骨」、景媒情「胚」、「肌理」、「風骨」、立主「腦」等說法，必須置放於文學評述的語境才能引申出意義，而這也仍無損於它們所象徵的生命機體理念。

四、文心雕龍在生命機體上的理論發揮

生命機體的審美理念一旦形成，它就可以作為鑑別藝術作品是否生動精妙的依據。成功的作品不論是在立意為主腦的情志貫徹上、形與神的有機統一上，或是在文章結構方面：部分與部分的分工合作、部分與整體的隸屬關係、整體與部分的統轄、各層次的照應上，以及文氣的沛然暢足、文勢的運轉機靈上，都普遍體現著一個完整生命體應有的健全狀態。《文心雕龍·附會》即舉生命統一體的實例為喻，說明作品結構的原理為：

> 總文理，統首尾，定與奪，合涯際，彌綸一篇，使雜而不越者也。若築室之須基構，裁衣之待縫緝矣。夫才童學文，宜正體製：必以情志為神明，事義為骨鯁，辭采為肌膚，宮商為聲氣；然後品藻玄黃，摛振金玉，獻可替否，以裁厥中，斯綴思之恆數也。

從劉勰的論述中可以得知：他認為理想的結構必須具有組織上的完整統一性，不能是拼湊無序的聚集物，這樣的理念具體而明白地顯現於他的用語，如「總文理」的「總」、「統首尾」的「統」、「合涯際」的「合」，以及「彌綸一篇」的「彌綸」與「一」。此外，劉勰也體認到，作品的結構雖然是一個完整的統一體，但是，這個統一體卻絕不是由各個性質一致的部分所共同構成，而是由各個性質、功能都別具定性的差異面來組織完成的，它們包括文中所揭明的情志部分、事義部分、辭采部分、宮商部分等，每個部分均有其負責的功能，也有它們所以存在的特殊屬性，但卻不會混淆零亂，因為各個差異面分工合作，並且接受情志的神明統攝，所以是「雜而不越」，正如人體也是由精神、骨鯁、肌膚、聲氣等差異面的統一組織，才能行使生命體的整體機能。

距劉勰《文心雕龍》成書一千三百年後，黑格爾的美學觀也是建立在生命體的有機組織形態之上，他認為「美是理念，即概念和體現概念的實在二者的直接統一，但是這種統一須直接在感性的實在的顯現中存在著，才是美的理念。」❷黑格爾強調：無機的自然缺乏靈魂，是不符合理念的，故不美；只有活的有機的自然才是理念的一種現實，所以是美。根據生命體的結構原則，他歸納出三點生命特性：

第一，在生命裏概念所含的差異面外現為實在的差異面；其次，這些單純的實在的差異面遭到否定，因為概念的觀念性

<hr>

❷　同注❸，頁162。

的主體性把這實在統轄住了；第三，這裡也出現了生氣，作為概念在它的軀體裏的肯定的顯現，作為無限的形式，這種形式有力量維持它在它的內容裏作為形式的地位。❷❸

　　黑格爾又根據一般生命形式的組成兼含身體的存在和靈魂的通體滲透，因而主張「我們應把身體及其組織看成概念本身的有系統的組織外現於存在，這概念使生物的一些定性在生物的肢體中得到一種外在的自然界的存在。」❷❹當靈魂與身體能在這個意義上獲得融貫一致的普遍性，作品才得以晉昇為生氣灌注的自在自為主體。這一點又和劉勰的風骨論、情采論遙相契合，《文心雕龍・風骨》云：

　　　怊悵述情，必始乎風；沈吟鋪辭，莫先於骨。故辭之待骨，如體之樹骸；情之含風，猶形之包氣。結言端直，則文骨成焉；意氣駿爽，則文風生焉。若辭藻克贍，風骨不飛，則振采失鮮，負聲無力。是以綴慮裁篇，務盈守氣，剛健既實，輝光乃新。

　　這段論述若與黑格爾之說合併，那麼文章裏的怊悵之情就相當於靈魂的觀念，是「形成實體的統一和通體滲透的普遍性」❷❺，所

---

❷❸　同注❽，頁 165。
❷❹　同注❽，頁 165。
❷❺　同注❽，頁 165。

以有了真性真情的內容，文章就像注入了生命力的形骸，剛健充實，它使主體的概念得在作品的軀體裏獲得肯定的顯現。另一方面，美的理念需要有體現它的感性實在，正如靈魂必須周流於身體，因此「情之含風」還得憑藉一個「形之包氣」的實體，這在文章上來說，就是「沉吟鋪辭」的文骨。文骨所架構而成的形式賦予了形式以力量，使它能如黑格爾所說的「這種形式有力量維持它在它的內容裏作為形式的地位」❷此即劉勰提出的「辭之待骨，如體之樹骸」和「結言端直，則文骨成焉。」

必須再提出討論的是，風和骨的關係並不是「風」粘合上了「骨」就等於「風骨」，正如生命雖然可以大判為靈魂與身體兩大部分，但是一個健全生命體的構成，卻絕不可能僅僅是簡單的靈魂加上身體，就可以湊合而成。連結到風骨的構成，其道理亦然。文章若要風骨兼全，必須使外在的文骨形式因為內蘊著充盈豐實的文風而剛勁有力，而內在的文風意氣也得依存於精當遒健的文骨結構才能精神奕奕，篇體光華。因此劉勰在〈風骨〉中強調：除了要「析辭必精」以求成功樹立文骨外，也要「述情必顯」地講究文風的駿爽，更重要的是，有了文風、文骨之後，尚要致力將此兩種不同屬性、功能的範疇，圓滿地組織起來，才可以使文章在「情與氣偕，辭共體並」的有機統一體中，煥發出「符采克炳」的風骨活力。又，劉勰在〈風骨〉中除了迭用「力」字作正、反證說明外，也系列地舉「征鳥」、「翬翟」、「鷹隼」、「鷙」、「雉」、「鳳」等飛禽為例，並以動詞「飛」、「振」、「使翼」、「戾

---

❷　同注❽，頁 165。

天」、「高翔」等比喻文風外顯之動力，從狀詞使用上的：
「鮮」、「健」、「實」、「新」、「堅」、「凝」、「勁」、
「猛」、「圓」、「練」、「明」、「峻」、「耀」等，均不難察
覺劉勰極力要強調「風骨」一旦完善構成，文章將如九霄鳴鳳般，
既有文采暐曄的形軀，又有振羽高翔的勃然活力。至於〈情采〉
說：「夫水性虛而淪漪結，木體實而花萼振，文附質也。虎豹無
文，則鞟同犬羊；犀兕有皮，而色資丹漆；質待文也。」這也可以
從「風骨」的有機結構中進行認識：即文是由內在的性質而顯現於
外在的生命事實；質是外在生命事實得以活動的內蘊本體，文不是
純然的外在實體，質也不是片面的抽象概念，只有本諸生命機體的
完整統一，才是文質彪炳的情采本色，因此劉勰提出控情馭采的立
文過程也是饒富有機體的組織意味，〈情采〉：

> 夫桃李不言而成蹊，有實存也；男子樹蘭而不芳，無其情
> 也。夫以草木之微，依情待實，況乎文章，述志為本。

　　「風骨」和「情采」既然都在詮釋文學藝術形式內藏於中與外
顯於形的有機構造原理，以及經此完整構造之後，文章由內而外透
顯的蓬勃生氣，那麼不妨借用黑格爾的生命理念美學觀，為劉勰獨
步千載的理論作一佐證，黑格爾所謂的「身體」相當於劉勰的
「骨」、「采」；「靈魂」則近似於「風」、「情」，他說：**㉗**

㉗　同注**❽**，頁 165-166。

如果根據尋常意識來看生命是什麼，我們就一方面得到身體的觀念，另一方面得到靈魂的觀念，對兩方面都分辨出一些不同的特性。……不過靈魂與身體的統一的關係也同樣重大……正是由於這種統一，生命才形成理念在自然界中最初階段的顯現。……這就是說，靈魂與身體並不是兩種原來不同而後聯繫在一起的東西，而是統攝同樣定性的同一整體。正如理念一般只應理解為概念外現於實際存在，其中既有二者的區別，又有二者的統一；生命也應理解為靈魂及其身體的統一。……因為有機自然的生命既包括實在存在的各部分的差異面和在這些部分中單純地自為地存在著的靈魂，同時卻又包括這些差異面作為經過調和的統一，所以生命比起無機自然要較高一層。只有有生命的東西才是理念，只有理念才是真實。

除了「風骨」、「情采」的有機組織特性外，劉勰的生命理念還遍透於《文心雕龍》的其他篇章中，他以理一分殊的理論體系，按部就班地探究文學的奧義，難能可貴的是，他在一千五百年前即能以卓識不凡的慧眼，洞見文學藝術作品在結構上的生命機體屬性，縱然當代西方近二世紀以來，持此論且已成學派者甚多，如狄爾泰（Wilhelm Dilthey）及其擁護者所主張的有機結構說，活力論（或譯為生機論）、完形論（或譯為格式塔理論）以及系統論等，在後出轉精的理論盛況下，劉勰在《文心雕龍》中建構的文學思想不但與時俱進，而且可以相互論證，彼此發明。

五、結論

以上多從有機結構的角度討論，以下試由無機物的構造特性反面立說。以無機物的構造屬性而言，黑格爾認為它們是缺乏統一性的分立物體，只是純然的以機械物理的方式存在著，並不具有主體在思想上認識到的統一性，因此是毫無靈魂地將各種物質轉化為感性的客觀存在物體，他在《美學》中有言：**❷**

> 例如一種金屬物在它本身上固然具有許多複雜的機械的物理的屬性，但是其中每一部分都同樣含有這些屬性。這樣的物體不但沒有一種完整的組織，使其中每一個差異面都得到獨立的特殊的物質存在，而且這些差異面也沒有一種消極的觀念性的統一，可以起灌注生氣的作用。它的差異只是一種抽象的雜多，而它的統一只是同樣屬性在各部分同樣存在的那種等同性或一致性。

就文學及其他藝術形式而言，作品確實是建立在物質材料此一載體之上，而且沒有任何一類的藝術可以與實現它的物質材料分道揚鑣，雖然如此，但是藝術作品的本身顯然仍和它的物質材料大異其趣，兩者或可如此分野：物質材料可視為無機物，藝術作品可視為有機體。「然而必須指出，對藝術作品我們只能在比喻的意義上使用『有機體』概念，所以文學的藝術作品中一個『有機結構』的形式在許多方面和一個真正意義上的有機體（例如生物）的形式是不

---

❷　同注**❽**，頁 162。

同的。」❷以文學作品的構成物而言，各式各樣由形音義構成的文字、單字、片語，在未被組織以前，都只能看作是各個互相外在，且又囿限於彼此所屬定性之內的獨立存在，所以是非理念的、非有機的。單字、辭彙、成語等個別單位，或可視之為基本元素，而辭組、句型和句子群等，則可比方為一由基本元素依照文法原則所構成的化合物。這些文、字、詞、句在作者以成功的創造活動加以書寫，並澆鑄著作者的情志神明，使文字的物質材料獲取藝術作品的形體與生命後，文、字、詞、句才從無機的固定狀態轉化為有機的活動存在體。

文學作品既然可以比方為有機體，則可以進一步推想有機體的生命狀態除了理想中的蓬勃健美外，也有虛弱乏力，精神不濟的情形，甚至於也存在著生病、傷殘、死亡解體的現象，而這都可能發生在文學作品的創作過程，或是作品完成之後方呈現出來的狀況。劉勰對此亦有洞悉，《文心雕龍》專設〈指瑕〉一篇作討論、黃侃踵事增華，在《文心雕龍札記》中將文章瑕病細分為五類：一曰體瑕、二曰事瑕、三曰語瑕、四曰字瑕、五曰剽襲之瑕。❸這些文病若是瑕不掩瑜，雖然有玷白圭，但是仍能維持文體大局，且古來文人「慮動難圓，鮮無瑕病」；這好比生命體難免有機能障礙的狀況發生，但有機體的功能系統也會適時發揮修復、彌補、調節的作用，只要損害不大，未危及整體組織，則無大礙，但要是文章敗筆

---

❷　同注❾，頁 75。

❸　參黃侃著：《文心雕龍札記》（臺北：新文豐出版公司，1979 年），頁 215-216。黃侃說：「竊謂文章之瑕，常分五族，而注謬之瑕不與。一曰體瑕。二曰事瑕。三曰語瑕。四曰字瑕。五曰勦襲之瑕。」

迭出，弊病叢生，已到「剜肉補瘡」、「割股療飢」或是「削足適履」的地步，損害了有機體的生命功能，那麼，輕則疲弱不振，形神黯然無華；重則病入膏肓，氣若游絲，甚至於死亡解體，從有機狀態歸零為無機狀態，至此，文章渙散而板滯，幾可稱之為文、字、詞、句的衣冠塚。劉勰在《文心雕龍·附會》說：「若統緒失宗，辭味必亂，義脈不暢流，則偏枯文體。」，又言「若首唱榮華，而膝句憔悴，則遺勢鬱湮，餘風不暢。此《周易》所謂臀無膚，其行次且也。」劉勰以為作品的結構若缺乏統一周流的完整性，勢必喪失生機活力，所以他以《周易》的話作譬喻，指一個臀部缺乏肌肉的人，他在行走時將會趑趄難前。這些都是就作品無法實現生命理念時的病態而言，巧的是黑格爾亦作如是觀，他說：❸

　　當然，就連在有機體裏，由於身體不能充分實現它的觀念性和生氣灌注作用，這種真實也可以被毀滅，例如在生病時就是如此。在這種情形之下，概念就不能作為唯一的力量而統治著，還有別的力量在和它抗衡。不過這種存在只是一種敗壞了的生命，這種生命之所以還能維持住，只是由於概念與實在之間的不適應還只是相對的而不是絕對的。如果這兩方面的協調完全消失了，身體既沒有真正的組織，又沒有了這種組織的真正的觀念性，生命就會馬上轉為死亡，既然死亡，凡是由生氣灌注作用所統攝於不可分裂的統一體的東西也就解體，彼此獨立分立了。

---

❸　同注❽，頁 166。

　　這些見解和譬喻與劉勰不謀而合，可見英雄所見略同，劉勰除了以「偏枯」、「憔悴」、「無力」、「乏氣」來描述缺乏概念與實在間有機聯繫的作品外，也認為理念渙散的作品是「其為疾病」（〈聲律〉）、「解散辭體」（〈才略〉）、「文體解散」（〈序志〉）、「莫不解體」（〈總術〉），一旦生命體已塌陷崩解，作品必然敗壞，一如黑格爾說的：「身體既沒有真正的組織，又沒有了這種組織的真正的觀念性，生命就會馬上轉為死亡。」生命體死亡分解之後，文章已成無機的枯字堆。而要避免割棄支離的解體命運，劉勰主張：「立文之道，其理有三：一曰形文，五色是也。二曰聲文，五音是也。三曰情文，五性是也。五色雜而成黼黻，五音比而成韶夏，五情發而為辭章，神理之數也。」「形文」中的五色、「聲文」中的五音、「情文」中的五情，經過「神理」的融貫組織後，這分屬形、聲、情等三大範疇的至少十五個原本獨立而有定性的差異元素，就在神理的領銜之下，完滿地形成一個統一體，彷彿生命活動過程中，個體主動地吸收各個不同的東西來營養自己，實現自己。當生命體通過上述的實踐活動而有了自己的身體組織，它就獲得了一種黑格爾所說的「可以感覺到的空間性，生命就是在這種實在本身裏的自發運動，例如血液循環，四肢運轉等等」❷，易言之，作品若有效完成，那麼五音、五聲、五情等差異面就獲得了自在自為的安身立命空間，如此，無機物體自然活靈活現為

---

❷　同注❽，頁 170。又頁 173 說：「按照前已說明的生命的概念，我們對於這種顯現的較精確的性質就可以推演出以下幾點：形象是在空間綿延的，有界限的，現出形體的，見出形式、顏色、運動等等多方面差異性的。」

生氣盎然的有機生命體。即黑格爾在論述藝術美的理念或理想時一再重申的原則，他說：❸

> 如果要概念達到這真正的存在，就要求實在中的不同方面能回到統一；就要求自然差異面的這種整體一方面把概念明白外現為它的各種定性，在實在界的互相外在，另一方面卻又把它的每一特殊面的自封閉似的獨立狀態取消掉，使觀念性顯現為對這些差異面灌注生氣的普遍源泉。這樣，這些差異面才顯得不僅是拼湊在一起的本無關聯的各個部分，而是一個有機整體中的成員；這就是說，它們不再彼此分立，而是只有在它們的觀念性的統一裏，才有真正的存在。只有在這種有機組織裏，概念的觀念性的統一才出現在各成員裏，作為它們的支柱和內在的靈魂。

以劉勰的話來說，就是五色已然成為黼黻，五音成為韶夏，五情蔚為辭章，是一個形、聲、情獲得有機統攝的感性存在。

以上不殫愚陋，援用黑格爾《美學》以及相關之生命機體學理，將它與《文心雕龍》之文學理論進行參照會通，希望能賦予《文心雕龍》歷久彌新之時代價值，也期盼有助於古典文論在研究範疇上的拓展；學殖甚瘠，闕誤必多，所敢獻曝者，唯作拋磚引玉之盼，於此，尚祈博雅方家不吝教我。

---

❸　同注❽，頁 164。

第四章 《文心雕龍》之
作品結構理論闡微

一、前言

　　劉勰對於文學作品的藝術結構分析，一以貫之地遍布於《文心雕龍》五十篇當中，然又以下篇的〈定勢〉以迄〈總術〉等十五篇為開發重鎮，劉勰在各個專篇上均作了深化的論述，使這一部分的研究範疇成為中國古典文藝理論有關文術論的命題集散地。

　　這十五篇之中，針對文本以論作品藝術結構的又以卷七及卷八的十篇最積極確鑿，它們依序是〈情采〉、〈鎔裁〉、〈聲律〉、〈麗辭〉、〈比興〉、〈夸飾〉、〈事類〉、〈練字〉與〈隱秀〉等。本文嘗試開闢一個嶄新的視窗來觀測《文心雕龍》的理論高度，取徑羅曼·英加登（Roman Ingarden，1983-1970）現象學文論的理路。英加登是二十世紀現象美學理論的創始人兼首要代表，國籍波蘭，是傑出的哲學家、美學家及文學理論家。早年師事胡塞爾（Edmund Husserl，1859-1938），胡塞爾是現象學派創始人，對英加登的哲學傾向有深遠的影響，英加登接受了胡塞爾的意向性學說，以現象學還原的方法建立了嚴謹精密的科學信念，但他卻不贊成胡塞

爾的先驗唯心主義，而強調本體論應被置於優先地位並以之為認識論和價值論的研究依據，循此思路，英加登致力於將文學作品當成一門精密學科來闡發，他運用現象哲學方法分析文學的存在性質和共同的形式結構，完成了獨樹一格的現象學文論體系。

英加登獨創的現象學文論向以體大慮周，論證精詳見長，他的文學藝術作品本體論以及文學藝術作品認識論主導了二十世紀西方文論的趨勢並產生了廣遠的影響，因此，他是一位足與劉勰辯論的文藝哲學家；就劉勰而言，他半生於定林寺精修的經院背景，使他具備深厚而嚴明的哲學思維基礎，所以能寫成大判條例，圓鑒區域的《文心雕龍》，對中國古典文論作出了集大成與開先河的重要貢獻。他和英加登雖然存在著極為顯著的時空落差，但兩人的哲學思維、文論造詣都具備著相應相召的對勘條件，此外，他們對文學作品的結構概念也聚焦在複合多層次的有機組織之原則上，所以，本文援用英加登的藝術作品本體論體系，將它與《文心雕龍》的相關命題進行參照會通，希望能賦予《文心雕龍》日新又新的時代價值，也期盼有益於《文心雕龍》研究範疇的拓展，於此，尚祈博雅君子匡我不逮。

二、研究範疇的初步說明

㈠「文學作品」與「文學的藝術作品」之概念區別

英加登有關文學的研究著作有《文學的藝術作品》（1931 年）和《對文學的藝術作品的認識》（1937 年）❶，兩書堪稱姊妹篇，

---

❶　羅曼·英加登著、陳燕谷、曉末譯：《對文學的藝術作品的認識》（原書

前者專致於對文學作品的結構形式與存在方式之研究，後者承續前書的研究基礎，以現象學的原則，考察讀者對文學作品的認識經驗。英加登在《文學的藝術作品》中試圖為文學作品、美文學作品以及科學著作❷等三種作品劃分出義界，他認為文學作品是一個意義非常廣泛的概念，它包括各種以語言為媒介的作品，可以是口傳文學，他們根據那些朗誦或吟唱者的記憶，進行世世代代的口頭複製，這些作品雖然沒有固定在書面形式中，但卻依靠語音材料而長期存在。文學作品當然更包括那些以紙張、墨迹為物質基礎，通過語詞音義為中介的書面形式作品。在上述的口傳與書面作品中，卻只有講究語言藝術，本身具備審美價值的文學作品，才是英加登所聲稱的「文學的藝術作品」，它相當於純文學，或美的文學，或是文藝作品等名稱的概念。

　　至於科學著作，因為語言的結構方式與作品的基本功能都和文學的藝術作品大異其趣，所以英加登認為它不應該和文學的藝術作品混為一談，首先，科學著作中所有的陳述都是判斷。它們未必都正確，也不必都不正確，但它們全都自稱是正確的。與此相對照的是文學的藝術作品只包含擬判斷，這些判斷並不自稱是正確的，即

名：*Cognition of the Literary work of Art*）（臺北：商鼎文化出版社，1991 年12 月臺灣初版）

❷　英加登用「文學作品」一詞指所有書面的或口頭的作品；用「文學的藝術作品」指美的文學作品。不屬於後一個範疇的最重要作品英加登稱為「科學著作」，但這裡所使用的「科學」一詞係按照德文 Wissenschaftlich（合乎科學的）一詞的意義來使用的，它包含自然科學和任何嚴肅的研究領域。本文為求行文便利，間用文學作品、文學藝術作品、文藝作品、或逕稱作品，其定義係指純文學作品，即英加登的「文學的藝術作品」。

使它們具有真理，我們也不應把文學的藝術作品看作是隱蔽的哲學體系作品，而區別真判斷和擬判斷陳述並不是根據句子的形式來劃分，同一個句子經常可以既是判斷，也可以是擬判斷。英加登認為一個真正的判斷必須設定它的對象之存在；而一個擬判斷卻不必要求陳述任何獨立於作品世界而存在的東西。其次，科學著作中也可能含有審美相關性質，但是它們並非是必要不可的，有時審美相關性質的出現反而是一種可以省去的奢侈，甚或妨礙作品在陳述時應力求達到的透明功能。但是就文學的藝術作品而言，審美相關性質不僅是作品本質的構成要素，更是作品能否達成審美具體化的第一要素。再者，科學著作的陳述功能在於把讀者的意向指向超越於作品存在的客體，而這些相關客體的知識是由作品中判斷句的意義所確定的，其所構成的對象是獨立於作品的一種自身存在，與文學的藝術作品恰形成顯著的差別，因為藝術作品所描繪的對象必須存在於作品之中，不是獨立於作品世界而存在的客體，讀者透過句子的意向性關聯物與事態相結合將之投射出來，所以應當專注於作品之中所構成的對象，視它們確實具有其準實在性。

根據英加登所論述的概念，我們可以界定出本文的研究範疇係指「文學的藝術作品」，而不是所有的文學作品，也不是自然科學、社會科學、人文科學等任何嚴肅的學術著作，所以，並不包涵政治的、教育的、歷史的書面（或口頭）作品。以《文心雕龍》的研究對象來說，除了《詩經》之外，其餘的所謂經典，如《易經》、《禮經》、《書經》、《春秋》均不宜以文學的藝術作品看待，其他如〈祝盟〉、〈銘箴〉、〈誄碑〉、〈史傳〉、〈諸子〉、〈論說〉、〈詔策〉、〈檄移〉、〈封禪〉、〈章表〉、

〈奏啟〉、〈議對〉及〈書記〉等也只能視為寬泛意義上的文學作品，它們有的是哲學類著作，如《易經》及諸子；有的是歷史類著作，如《春秋》、《尚書》及史傳類作品；又有的是以政治或教育功能為主的作品，如詔、策、檄、移、封禪文、章、表、奏、啟、議、對、書、記、銘、箴等，這些作品的功能限定在傳達一個獨立於作品存在的客體之認識，即使它們有時也能夠成某種特殊的審美價值，但這些審美價值只是它的第二性，為從屬的附加價值；這正如同文學的藝術作品也可能具有哲學意義，或者發揮著某些社會教育的功能，但文學的藝術作品並不是為了增進學術知識、改造世道人心而存在的，它的本質功能在於體現特殊的審美價值，使讀者可以觀照它們並對它們進行審美體驗，這個審美經驗過程本身就具有豐饒的價值。

在《文心雕龍》的論述對象中，稱得上是文學的藝術作品只有《詩經》、《楚辭》以及〈明詩〉、〈樂府〉、〈詮賦〉等各篇論及之作品，但劉勰從人文和政教立場出發，又將作品中具有審美價值的篇章也吸收進來，作為文學史暨文學批評史的研究對象。如從嚴謹精密的現象學文論來檢視，則劉勰的文學概念仍有值得商榷之處，第一：他將科學著作中具有審美價值的作品提升到文學的藝術作品之林，未能辨清其第一性與第二性之主從功能區別；第二：他令文學的藝術作品如〈詩經〉、〈楚辭〉和抒情詩歌文體等所附帶發揮的社會功能攀升到作品的第一性價值，未能固守美文獨立的審美本質。然而，劉勰如此的研究態度亦有他自己的學術立場與立命之道，前者如他在〈總術〉所言：

> 今之常言，有文有筆，以為無韻者筆也，有韻者文也。夫文
> 以足言，理兼詩書，別目兩名，自近代耳。顏延年以為筆之
> 為體，言之文也；經典則言而非筆，傳記則筆而非言。請奪
> 彼矛，還攻其楯矣。何者？《易》之文言，豈非言文？若筆
> 不言文，不得云經典非筆矣。將以立論，未見其論立也。予
> 以為發口為言，屬筆曰翰，常道曰經，述經曰傳。經傳之
> 體，出言入筆，筆為言使，可強可弱。六經以典奧為不刊，
> 非以言筆為優劣也。

此處的「文」相當於文學的藝術作品概念，而「筆」則指除去
「文」以外的一切形諸文字的書面製作；又，「言」指口傳文學，
所謂「發口為言」，但也包括語錄體之文字製作，即「經傳之體，
出言入筆」。劉勰在此篇試圖修正顏延之的「文筆說」，他將
「言」納入文章之列是一明智看法，以情采聲律作為論文敘筆的標
準則無異於顏延之的文筆說概念，但是，為了矯訛翻淺而高揭宗經
大旗，並進而以經傳典誥為文章之淵府的文學理論就有混淆體用範
疇的缺陷，而這個堅持又與劉勰著書立命的態度密切相關，他在
〈序志〉中自述「嘗夜夢執丹漆之禮器，隨仲尼而南行。旦而寤，
乃怡然而喜。大哉！聖人之難見哉，乃小子之垂夢歟！」，可見其
文論思想係奉儒家之聖賢與經典為圭臬。關於這一點，自然是劉勰
的立場，但就學術論著的研究態度而言，卻不夠客觀超然。

　　雖然如此，由於劉勰在《文心雕龍》的二十篇文體論中，為求
完備，除了萌芽中的小說尚未獲得重視外，幾乎已蒐羅了一切的文
學作品，在這為數豐沛的研究樣品上，充分供應給他作為提煉文藝

理論時所需的各式原礦，此所以他在〈神思〉以迄〈總術〉等十九篇闡論文藝創作原理時，顯得游刃有餘、左右逢源，而且所建構出的文論體系也系統分明，層次豐富，論說精緻，統攝了藝術神思、文章風格、結構佈局、情感、辭采、聲律、章法、句法、詞法、字法、比興、夸飾、事類、隱秀等命題，因而能在《文心雕龍》全書中脫穎而出，成為最有價值的理論勝場。

在確認了英加登關於文學作品與文學的藝術作品等兩個概念之後，我們能理解《文心雕龍》在範疇界定上的瑕疵，也可以在釐清瑕疵之後，獲得更明澈的義界，並把研究的焦點投注於他的文學創作理論體系，本文將先討論劉勰的作品結構理論。

㈡關於現象學的「純粹意識」與「意向性」之概念說明

「純粹意識」與「意向性」是現象學的中心概念。所謂「純粹意識」是知識的確定性基礎，胡塞爾為針砭實證主義的自然態度與主觀主義的歷史態度所形成的知識危機，提倡以典型哲學的思維態度與方法直接面對「實事本身」，實事本身的獲得必須經過對存在的懸置，前者的思維態度是暫時擱置外部世界是否獨立於意識而實存的問題；後者的思維態度則是暫時擱置歷史所給予的先入觀念與思想，然而，所謂的擱置只是懸置不決，暫時放棄對它們作出正確與否的論斷，並不表示否定了客觀的世界與既有的思想觀念，胡塞爾認為這樣的思維態度，可以防弊自以為是的專斷與盲視。

在經過了上述兩種懸置之後，胡塞爾認為我們可以返回知識的決定性基礎，意即「純粹意識」上，我們憑藉本質直覺在內在直觀中把握和描述意識活動以及由意識活動所構成的對象——「意識客體」，或稱「意向性對象」。直觀，在現象學術語中的含意是指徹

底而直接地面對認識對象，這種直接的經驗不預存任何假設，他是形成認識對象的必要條件。直觀方法的要諦首在摒除偶然因素，其次在於把握那些使現象成為可能的必要因素；測定的方法是「想像變換法」（Variation imaginative），將該現象置於不同的條件下，要是缺乏某一條件而使某現象立即成為無法想像者，則該條件就成為必然因素，也就是該現象之本質。❸因此，在直觀本質的基礎上，我們得以據此來分析意識對象──包括內在的、外在的、事物的或過程的方式，以便確定它們基本的必要特徵，它同時也著重於把那些在一般心理行為中僅僅是潛在的要素牽引到清晰的意識中來，所以它是一種反思的、非經驗的哲學研究方式，有助於為文學這一門學科建立精密的學術基礎，提供給文學評論者更確定的概念和周詳的程序解釋，這也是本人所以援取以驗證《文心雕龍》的主要目的。

胡塞爾曾經就「純粹意識」的確切性做過以下的論證：他認為儘管我們不能直接確定外部世界是否獨立於意識而實存，也不能直接確定先入之見是否可靠，但我們可以直接確定外部世界和先入之見都必須呈現於我們的意識之中才與我們相關這一「實事」，因此，可以推斷我們正在意識著的「純粹意識」是確切無疑的。當在進行意識活動時，我們的心理必然會指向某種對象，或者與某種對象發生關涉，而這個對象由於是由意識活動所構成，所以稱之為「意識客體」，或是「意向性對象」。就文學而言，文學的創作與審美活動是活躍地進行於讀者－作品－作者之間的意識活動，所

---

❸　參沈清松著：《現代哲學論衡》（臺北：黎明文化事業公司，1994年10月），頁 322-323。

以，文學的藝術作品是一種「意向性客體」，它跨接在具體個人的意向性活動及文學藝術作品的客體存在上，無論是創作者或是讀者；也不論是否有效構成精確的審美對象，它都取決於審美經驗進程中的意識活動，所以，文學的藝術作品是存在於主體間際的意向性客體。

英加登繼承了胡塞爾的意向性學說，並以之作為美學和文學研究的重要範疇，但是，他傾向於實在論，反對把知識的基礎建立在純粹意識之上；他希望確立獨立於意識的實在，在意識和實在之間建立以實在為基礎的對象性關聯，分析我們知識對象的存在性質和方式，因為我們認識對象的方式係取決於對象的存在方式與形式結構，所以英加登志在考察分析實在的和可能的對象的基本結構，論者遂稱他是一位具有實在論傾向的現象哲學家。

英加登將「意向性」對象區分為兩類，第一類是認知行為的意向性對象，包括客觀實在的物質對象與數學等觀念性對象❹，這兩類對象都與人的認知意向相對應，不過，它們卻具有一種離開認識主體而得獨立存在的「自足性」。第二類是純粹意向性對象，包括各類藝術作品，它們與人的鑒賞、審美意向相對應。純粹意向性對象有一部分基本屬性是客觀的物質存在，但另有一部分的屬性需要依賴鑒賞主體加以填補，所以是「不自足」的。文學的藝術作品正是這樣一種異質存在的、純粹意向客體，同時也是一個非自足的意

---

❹　參朱立元、張德興著：《現代西方美學流派詳述》（上海：上海人民出版社，1988 年 10 月初版），頁 45。所謂物質對象，例如紙張和墨迹是客觀存在著的真實的客體；而數學的對象，例如一個數字或一個幾何圖形，是一種觀念性對象。

向性客體，它的存在取決於作者或接受者的意向行為，但同時也在某種物理基礎上具備其實體基礎，並且也唯有依附在這個物理基礎之上，作品才得以成為主體間際可接近的對象，此所以文學的藝術作品在作者的意識活動終結之後仍然得以繼續存在，靠著作品的物質基礎，身處不同時空的審美接受者得以重構作家的意向形式，英加登在《對文學的藝術作品的認識》中解說了這個觀點❺：

> 文學作品是一個純粹意向性構成（a purely intentional formation），它存在的根源是作家意識的創造活動，它存在的物理基礎是以書面形式記錄的本文或通過其他可能的物理複製手段（例如錄音磁帶）。由於它的語言具有雙重層次，它既是主體間際可接近的又是可以複製的，所以作品成為主體間際的意向客體（an intersubjective intentional object），同一個讀者社會相聯繫。這樣它就不是一種心理現象，而是超越了所有的意識經驗，既包括作家的也包括讀者的。

在掌握了有關「純粹意識」、「意向性」以及「純粹意向性對象」等概念以後，我們便可切入英加登對於文學的藝術作品之結構層次分析理論，亦即它的文學本體論。

㈢對文學的藝術作品之結構層次分析

建立在「意向性學說」和「實在論」的基石上，英加登完成了獨特而深入的文學本體論，他將文藝作品的內在結構剖析為四個獨

---

❺　詳參該書頁 12。

立、異質而又相互依存的四個層次。

　　1.字音、語詞聲音構成以及一個更高級的語音組合現象之層
　　　次。

　　2.意群層次，即句子意義和全部句群意義所構成的層次。

　　3.多重圖式化外觀層次，作品描繪的各種對象透過這些圖式化
　　　外觀呈現出一個連續體。

　　4.在句子投射的意向事態中體現的客體層次。

以上這四個層次互為條件，逐漸深入，由第一層次的語詞聲音層，
組成了第二層次的句群意義層；再由以上兩層提供給第三層，作為
其多重圖式化外觀的系統方向，之後，第一層與第二層及第三層又
共同組成了第四層：意向客體所體現的世界。各個層次在其所屬的
結構單元中按照各自的材料及內容衍生出相互的內在聯繫與本質上
的彼此伺應，這種內在的聯繫與本質上的伺應是有其秩序的，它們
含有類似時間結構的運動性質，從橫向的並時性而言，文學作品所
具有的各個層次、各個部分，都在同一時間上，以其有序的舒張特
性，把所有貯存的文學層次同時鋪展擴延；其次，從縱向的歷時性
而言，文學作品的各個層次，如字音、語詞、句群、章節、篇目
等，又以其有序的延伸特性，在時間進程中逐漸遞進展開；所以，
文學作品的分層結構原理，除了從橫軸上把握外，也必須從縱軸上
理解，英加登強調❻：

　　　文學作品實際上擁有「兩個維度」：在第一個維度中所有層

---

❻　詳參該書頁11。

　　次的總體貯存同時展開，在第二個維度中各部分相繼展開。

由是而知，一部具有肯定價值的文學藝術作品，必然在它的結構上呈現出縱橫多元而有序和諧的複調性（polyphony）藝術價值。

　　在簡介了這套備受西方美學界讚譽的現象學文論❼以後，我們應可察覺它與劉勰的文術論體系具有「情往似贈，興來如答」的呼應關係，甚而《文心雕龍》與英加登文學理論並聯對流的研究電場也能呼之欲出了，如〈練字〉、〈聲律〉可與語詞聲音現象層次相對應〈麗辭〉、〈章句〉、〈比興〉、〈夸飾〉、〈事類〉等可與句群意義層相映照，而這兩個層次構成了語詞和文句，是作品最基本的和先決的構造，它們既能傳達意義，也可以構成作品音韻之美的物質基礎。至於第三層和第四層是文學作品內容的深層結構，它們提供讀者一個綱要略圖或圖式化勾勒的結構，讀者必須運用想像在觀賞中加以補充，以便進行意向客體之再現，有關這兩個層次在《文心雕龍》中的相應篇章是〈神思〉、〈風骨〉、〈情采〉、〈物色〉、〈定勢〉、〈總術〉、〈隱秀〉等，它們旨在論述藝術想像、表層與深層的結構配置、藝術的格式塔性質，以及藝術作品的形而上質等命題，因此可與第三與第四層次相互論究。

---

❼　美國當代文學理論家雷納・韋勒克稱譽英加登同克羅齊、瓦勒里、盧卡契為
　　近代西方四大批評家。美國美學家比爾茲列稱讚他的《文學的藝術作品》與
　　法國現象學美學主要代表杜弗萊納《審美經驗的現象學》為兩本最傑出的現
　　象學美學著作。目前，西方美學界已公認英加登的現象美學是二十世紀最重
　　要的美學成果之一。詳參朱立元、張德興著：《現代西方美學流派詳述》，
　　頁 43。

三、在〈練字〉、〈聲律〉上詮釋《文心雕龍》有關字音與高一級語音組合現象層次之觀點

㈠基本概念的說明

字音與高一級的語音組合現象是文藝作品結構中最為基本的層次，因為文學是以文字符號為觀念載體的語言藝術，一旦缺乏文學和語音作為視知覺與聽知覺的中介媒材，文學活動必然因缺乏想像的條件而立即終止，所以，文字和語音組合的雙重語音學結構是文學藝術作品的第一層次結構，同時也是讀者閱讀作品必經的初始階段。

文字是作為觀念的標誌而成為文學的必然條件，缺乏這個條件，文學將不可能構成；此係根據現象學派想像變換法的檢測方式而得，即凡是沒有某一條件，某現象立成無法想像者，該條件便成為必然因素，亦即為該現象之本質，而所謂本質，即是事物之所以為事物之所在，因此，文字是文學的本質，也就是說文字是文學之所以為文學之所在。

再就認識過程而言，主體間際共通的文字語言，是促成讀者接近作品的首要前提，所以，作品用以書寫的文字語言必須既是讀者和作者雙方都精通嫻熟的母語，不然至少也要是能流利讀寫的其他語言，除此之外，文字、語音、書寫規則都應服膺於典型的語言契約，文學的藝術作品築基於此，作品的語境方能實現，主體間際的交流活動才不會窒礙膠著。劉勰在〈練字〉指出：「先王聲教，書必同文；軺軒之使，紀言殊俗，所以一字體，總異音。」這是在強調書寫符號以普遍統一性為彼此溝通的前提。

　　形符和語音一體兩面地構成文字，但文字並非僅只是物性的孤
立狀態，它同時也攜帶意義。但是，文字必須進入詞彙之中才有其
確定的意義，而詞彙又必須再進入句子之中並且在與其他的詞彙相
互作用之下，詞彙與詞彙之間的樊籬才會因為被泯除而獲得更大的
意義單位──句子，由是個別的文字、語音乃攀升為高一級的語音
組合，直接與意義相關，遞進為意義單元，成為作品的第二層結
構，一旦未能認清作品此一結構系統，極可能在作品的各個層次，
各個部分發生或大或小的瑕疵，如「單舉一字，指以為情。」
（〈指瑕〉）、「或義華而聲悴，或理拙而文澤。」（〈總術〉）

　　文字作為文學的本質，兼具形、音、義等多方面功能。從字形
而言，它經由視知覺的認識過程直接辨認了字形本身所表現的視覺
外觀，進而超越簡單的感性知覺，將字形作為表現意義的書面符
號，又進而與某種密切相關的視覺意象發生聯繫。從聽覺性質而
言，它與文字所代表的聲音型態，如聲調、語音、力度等物理素材
直接結合，再者，和辨認聲音型態幾乎同步發生且不可分離的是文
字意義的理解與掌握；所以，文字不但攜帶了形符和聲音的外觀，
也發揮了指涉意義的功能，三者共同組成了文字的軀幹，並且以複
合的統一軀幹分別在三個面向作字形、字音、字義的載體表現，如
果作家或讀者能夠充分掌握這個三合一的文字軀幹，他還能發現伴
隨其間的情感性質，因為人類發聲的事實是與內在的意識活動相連
綴的，〈體性〉即說：「夫情動而言形，理發而文見，蓋沿隱以至
顯，因內而符外者也。」簡言之，作為文學要件的文字匯注著視覺
理解、聽覺理解，並交織著意向性的情感，所以是文學藝術作品的
基礎結構層。

　　〈練字〉開宗明義即說：「夫文象列而結繩移，鳥跡明而書契作，斯乃言語之體貌，而文章之宅宇也。」劉勰在此指出：文字乃是紀錄語言體貌的書面符號，同時也是文學作品所憑藉偃仰活動的根據地，他以「宅宇」作為載體的譬喻，傳神地標明文字具有客觀的物理存在性質。他又說：「字形單複，妍媸異體，心既託聲於言，言亦寄形於字，諷誦則績在宮商，臨文則能歸字形矣。」這一段理論在詮證文字兼具字形外觀的繁簡美醜，和聲音外觀的抑揚頓挫，所以要在視知覺上體察臨文時的形象美感、在聽知覺上聆賞諷誦時的音韻美感，並且注意整體之統一和諧，使作品的視聽外觀呈現出鮮美的體貌，〈神思〉說：「吟詠之間，吐納珠玉之聲；眉睫之前，卷舒風雲之色。」〈總術〉也說：「視之則錦繪，聽之則絲簧。」除了視聽上的物理價值外，劉勰也強調它們必須和情感性質密切聯絡，以圓滿完成總體價值，〈情采〉說得明白：「立文之道，其理有三：一曰：形文，五色是也；二曰聲文，五音是也；三曰情文，五性是也。五色雜而成黼黻，五音比而成韶夏，五情發而為辭章，神理之數也。」這段敘述再一次重申文學審美現象係以文字的形符、聲符作為感官感覺的基礎材料，透過文本中的文詞結構和節奏、旋律等形聲條件，創造出具有審美藝術價值的語境，使作品所欲傳達的情感得以成功地煥發流露出來，是為立文之道。

㈡文字語音的一次性及二次性認識進路

　　從縱向的歷時性維度而言，作品中的語音層次是憑藉著字形以飛快的方式被聽取及被看到，並且一般是以接近於同步的運動速度過渡到與它相聯繫的意義意向上，但如果是從橫向的共時性維度而言，我們可以把飛快的過渡速度暫時凍結，將它分離成一次性的物

性狀態與二次性的現象狀態。

就一次性的物質狀態而言，文字是一個一個個別獨立的字體本身，字音也是一個一個個別獨立的語音本身，它們都是以物理形式而存在著的。就高一級，即二次性的現象狀態而言，文字並不是以個別獨立的形式進入到我們的知覺之中，而是攜帶著意義與其應當連綴的字共構成一個完整的語詞，進而作為一個觀念的標誌被理解；聲音亦然，它不是個別式的純粹聽覺材料，如語音之高低、長短、強弱等聲音細節，而是更高一級的語音組合現象，英加登稱之為「典型的語音形式」，以此形式存在於主體間際。

在一般的情況下，正確認識文學作品的進路是以飛快、毫不停頓的魚貫速度，從一次性的物質狀態渡過到高一級的語言本體狀態，即使我們並非感知不到個別獨立的文字或語音本身，而且，它們也只是退居於意識的邊緣域，並沒有完全從我們的意識中消失，但是，我們在創作或閱讀文學作品時，知覺的注意力並不是駐足在個別的文字或聲音上，而是完整的語音、語詞形式上，除非是個別文字之形、音、義特徵由於某種緣故而顯得特別重要，它才會由意識邊緣域浮顯到知覺中心，不然，在閱讀時，我們掌握的仍然是流動塊狀的典型語詞及完整的語音形式。但這並不是說讀者可以不必在意文字及語音學層次，而是提醒我們總體地掌握作品的有機結構，對一次性的文字、語音保持著「視覺」與「聽覺」，但不宜特別專注到令它們成為強調的焦點，以致於干擾了正常且正確的閱讀流程。

關於上述的可能情況，我們可以在下述兩個情況中說明，當在進行文字校對時，視知覺因為落實於一個一個的形符上，導致對文

字具有的意義「視而不見」；又或者在聆聽談話或詩文朗讀時，聽知覺若是以一個一個獨立的聲音細節來把握，也勢必會造成「聽而不聞」的情況。〈章句〉曾說：「句司數字，待相接以為用；章總一義，需意窮而成體。」劉勰已經呼籲：文學以完整的語言現象為本體。

　　就讀者的認識進路而言，自然是以一次性同步轉化至二次性為最流暢，但是，就作家在進行創作而言，其認識進路極可能因推敲琢磨而躊躇於文字與語音的物質材料上，此所以作為作家的劉勰在《文心雕龍》一書中有精微細緻的闡述分析，而致力於認識論且本身並非作家的英加登對此則著墨不多。

　　劉勰在著述《文心雕龍》時，適逢美文學鼎盛時期，聲律論的研究風潮也方興未艾，他在藝術榮面的文學環境中建設創作原理，自然易有長足的理論表現。就〈聲律〉來說，劉勰側重於對一次性的語音素材作各種分析，他細膩地解說唇吻吐納與喉舌吟詠的感官活動變化並分析聲韻與喉唇開闔運轉的配合關係，他也擅長掌握聲調、聲律、節奏等音流的組織型態。劉勰認為如果聲韻、節奏、旋律能圓滿而和諧地構成，則語音層次固有的情感性質就會生發出來，所以他對聲律的論點是偏重於物性的聲音狀態，但心理的情感狀態也已涉及，〈聲律〉的贊辭說：「標情務遠，比音則近。吹律胸臆，調鐘唇吻。聲得鹽梅，響滑榆槿。割棄支離，宮商難隱。」

　　文學作品中的語音學層次雖然是一次性的，但它們從語音序列中產生統一而完整的語言模式，譬如是一段韻文、一截詩篇，這些語音形式會衍出節奏、韻律、力度等現象，而且也會帶來語音表達的直覺性質，譬如「玲玲如振玉」、「纍纍如貫珠」等直覺體

驗，所以，不論我們是出聲地朗讀，或是無聲地默讀，語音學性質的層次已滲透到作品的情境基調，並在作品的總體效果中增添了聲音的力與美，〈聲律〉說：「聲畫妍蚩，寄在吟詠，滋味流於字句，氣力窮於和韻。」

繼續討論劉勰對於作為形符而魚貫出現的一次性文字本身之觀點。英加登認為：在流暢而順利的閱讀進路上，我們是感知不到個別的單字。如果確實注意到，則表示閱讀的注意力業已分散，所以，他並未闡述此一進路可能產生的審美細節，但是在《文心雕龍》中，劉勰卻從創作的審美進路上仔細分析個別文字獨特的形體特徵，他幾乎是以對繪畫線條的視知覺方式來評論作品中的字形排列結構，〈練字〉抽繹出的字形審美原則是多元與統一的和諧美感，積極而言，必須掌握個別文字的獨特造型特徵，包括字形全體的樣貌特徵、偏旁部首的構造組合、筆畫多寡等條件，這些是就單一的字體而言；此外，還要注意個別文字與篇章文句的整體配置款式，盡量講究均衡和諧的鮮明美感，達到「聲畫昭精，墨采騰奮。」若從消極面而言，則要避免可能損壞總體視覺印象的字體組合，〈練字〉說：「綴字屬篇，必須揀擇：一避詭異，二省聯邊，三權重出，四調單複。」此外，也要避免使用艱難冷僻的文字，以防阻撓作品在意義傳達上的速率，〈練字〉說：「今一字詭異，則群句震驚；三人弗識，則將成字妖矣。」

綜觀劉勰在文字及語音結構層的理論建設表現，其基本概念準確明晰，未遑多讓於哲學家出身的英加登，至於在文字及語音組合的現象本體論分析，劉勰從創作論出發，英加登由認識論出發，兩個不同方向的論點既有會通交集所在，也有各自的理論勝場，但劉

勰以漢字為研究對象，漢字的構造以象形、形聲、會意為大宗，故劉勰得就字形與字音的物理狀態詳細辨析詮證，全面掌握了文字的聲音外觀、字形體貌的基本審美印象，就這一部分的學理成就來說，確實是比英加登更為出色，但我們也應該考慮到英加登所使用的是拼音的印歐語系語言，它們無由在一次性的語音及字形上充分作出審美表現；另外，英加登的學術背景是哲學家及數學教授，他對文學的研究任務著重於本體論、認識論和價值論，較生疏於從作家立場進行創作進程的鉤稽分析。

四、在〈鎔裁〉、〈章句〉、〈附會〉上詮釋 《文心雕龍》有關意群層次的觀點

㈠基本概念說明

意群層次指的是句子意義和全部句群意義的層次，這一層次是作品整體結構中的關鍵位置，它制約著其他的結構層次，但它的構成又得仰賴於字音與高一級的語音組合現象，所以第一層與第二層互為條件，個中往來滲透的脈絡約如下述的說明，即：字詞並不只是孤立的語言構成，字詞還可晉身至句子之中以獲得更高一級的意義。晉身於句子之中的字詞勢必與其他的字詞彼此接觸，字詞經接觸而相互作用並引發詞意的調節變化，在此調節變化之中，字詞的原屬意義並非徹底改變或是完全消失，只是促成個別字詞與個別字詞間的界線撤離，個別的字詞與字詞遂在句子的單位中衍生出更大的「意義」，其後，句子與句子又組成了句群，意義單位與意義單位繼續締結，進而構成全部句群意義此一層次。

劉勰對此一層次之結構序列有周到的論述，〈附會〉說：「何

謂附會？謂總文理，統首尾，定與奪，合涯際，彌綸一篇，使雜而不越者也。」〈章句〉也以具體生動的宅位區畛、衢路交通等譬喻，離析出字句篇章的語義層結構現象：

> 夫設情有宅，置言有位；宅情曰章，位言曰句。故章者，明也；句者，局也。局言者，聯字以分疆；明情者，總義以包體。區畛相異，而衢路交通矣。夫人之立言，因字而生句，積句而為章，積章而成篇。篇之彪炳，章無疵也；章之明靡，句無玷也；句之清英，字不妄也。振本而末從，知一而萬畢矣。

從劉勰的論述得知：他與英加登都不曾視字、句、篇、章為一個比鄰著一個的孤立單位，而是秉持著一種有機體的組織觀點來理解文學藝術作品的結構系統，強調各種分等級次序的功能必須互相依存、相互適應；互相補充、互相確定，藉以共同完成有機體的生命形式並發揮其生命功能。在文學藝術作品的機體組織內，各級單位相當於生命體的器官形式，他們有互相區別的所屬功能，其結構地位也維持著一定的等級序列，分別向上或向下排列，實現著對機體運作所應擔負的義務。在有機體之中，沒有一個器官是孤立自足的，所以各器官都無法脫離生命體，抑或擺脫與之協作的其他器官，否則將造成對生命機體的嚴重干擾，危害各功能的均衡運轉，如果某層級的損害尚可由其他器官進行修護補償，尚未造成各個器官的瓦解停擺，那麼生命機體的損耗可能只削弱了它的生命力而不會造成死亡；但如果損傷或反常的破壞過分嚴重，生命機體無法自行修護調校，那麼機體組織的凋蔽枯竭將是失敗作品的唯一命運。

劉勰在〈附會〉中即以肝膽❸、骨髓、神明、肌膚、聲氣來傳達作品的結構狀態，他說：

> 夫才童學文，宜正體製，必以情志為神明，事義為骨髓，辭采為肌膚，宮商為聲氣，然後品藻玄黃，摛振金玉，獻可替否，以裁厥中。斯綴思之恒數也。凡大體文章，類多枝派，整派者依源，理枝者循幹，是以附辭會義，務總綱領，驅萬塗於同歸，貞百慮於一致，使眾理雖繁，而無倒置之乖，群言雖多，而無棼絲之亂；扶陽而出條，順陰而藏跡，首尾周密，表裏一體，此附會之術也。

根據〈章句〉、〈附會〉之論述，我們發現劉勰對於句子以及句群所構成的意義層次有精湛老到的理論表現，他全面掌握文學作品複合而統一的結構原則，扣住章句在作品結構序列中的關鍵地位，沿著序列方向的延伸性與擴展性，分別闡述了句子與字、詞、章、篇「原始要終，體必鱗次。」的上下隸屬關係，同時也透析了宮商、辭采、事義、情志等「外文綺交，內義脈注。」的浸潤關係，契合了英加登揭示的文學作品之雙維度特性，即文學的藝術作品在第一個維度中，字、詞、句、章、篇等各部分有序地動態展開，在第二個維度中，字形、字音、字義以及句子的情志、事義、辭采、宮商等所有層次的總體貯存同時綻露。所以他們兩人都是從相繼性和並列性來考察句子的結構體質。

---

❸ 〈附會〉：「善附者異旨如肝膽。」〈比興〉亦說：「物雖胡越，合則肝膽。」

㈡從意向性與功能性討論句子的意群層次

依照英加登的解釋，「意義」是指「與字音有關的一切事物，這些事物在與字音的關聯中構成一個詞。」而與字音有關的一切事物指的是意向性關聯物。意向性關聯物可區分為單個的意向性客體和系列的意向性事態；前者對應的是一個單詞，後者對應的是一個句子；而無論是意向性客體還是意向性事態，作為意向性關聯物都是有別於客觀實存的物質，所以是一種「擬判斷」、「準實在」的陳述；讀者必須瞭解句子的對象是意向性關聯物，而不是句子的意義本身；句義是為了達到意指對象所必經的橋樑，因此，在創作或閱讀文學作品時，作者與讀者必須思考筆下眼前的句子意義，但也應該理解它們還不是意向性客體，彼此猶須努力過渡到由句群意義所確認的對象領域之內。

按照胡塞爾的嚴格說法是：意義根本就不是對象，因為，當積極地對一個句子進行思考時，我們所注意的就不是意義，而是通過它，或在它之中確認所思考的對象，並且是在構成或實現了句子的意義時，才抵達了句子的對象，也就是句子的意向性關聯物，包括意向性客體和意向性事態。所以，英加登說句子的直接對象是它們的純粹意向性關聯物，它們有非常多樣的種類和形式，它們的多樣性和句子的各個種類是吻合的。

劉勰在〈章句〉中也說：「句司數字，待相接以為用；章總一義，須意窮而成體。其控引情理，送迎際會，譬舞容迴環，而有綴兆之位；歌聲靡曼，而有抗墜之節也。」他用靡曼迴環的歌聲舞影做譬喻，以說明意向性關聯物在字句篇章之間送迎際會地運轉著，而由「章總一義，須意窮而成體。」和「搜句忌於顛倒，裁章貴於

順序，斯固情趣之指歸，文筆之同致也。」和〈附會〉的：「統緒
失宗，辭味必亂；義脈不流，則偏枯文體。」由這些論述看來，劉
勰也已經辨明情志理趣才是章句的指歸對象，但他強調要精心配置
首尾相銜的合適語境與之作表裡的對應，這樣，意向性關聯物才得
以成功實現，達到「環情節調，宛轉相騰。」（〈章句〉）亦即自然
和諧，巧妙生動的結合狀態。

　　繼續討論句子的功能性。

　　在文字語言的使用規則上，幾乎都是一詞多義的，關於這一事
實，我們可以從任何一部詞典中輕易驗證，但是，在文學作品之
中，由句法及句意所組成的語境，得積極管理這些多義性的字詞現
象，如此，作者才能巧妙佈置語境，英加登在《對文學的藝術作品
的認識》中嘗言：❾

　　　　句子的意向性關聯物，特別是發揮再現客體功能的事態，在
　　　它們的「材料」內容（用胡塞爾的術語）和句法結構以及它們
　　　的互相聯繫方面，都依賴於意向性地投射它們的句子結構。
　　　所以對事態的藝術描繪的有效性同句子的有效性是相聯繫
　　　的，特別是那既作為特殊構造的語義單元又作為語音材料
　　　（包括從語詞聲音序列中產生的語言材料，例如節奏、句子韻律等等）
　　　的句子。

　　一般說來，我們都是在有效的句子形式之中發現語詞及句子的

---

❾　參該書頁 263。

意義，而一當意義頒授給語詞後，它便是一個「派生的意向」（a derived intention），它是在客觀的句法基礎上發生的心理經驗，具有和語詞相應的結構，這個心理行為以重新構成或再次意指的方式賦予語詞及句子以意義，也就是派生的意向，意向可以為對象、特徵、關係以及純粹性質命名，但是在各種意義進入相互聯繫中，或意向性關聯物進入相互聯繫之中時，它也可以發揮圖式化勾勒和顯現客體的功能，一如劉勰在〈物色〉中以《詩經》的詩句詮證那些既作為特殊構造的語義單元又作為語音材料的句子們，如何以有效的句法結構「寫氣圖貌」、「屬采附聲」，也就是討論詩句發揮再現客體的功能，他說：「灼灼狀桃花之鮮，依依盡楊柳之貌，杲杲為出日之容，瀌瀌擬雨雪之狀，喈喈逐黃鳥之聲，喓喓學草蟲之韻；皎日嘒星，一言窮理，參差沃若，兩字窮形。並以少總多，情貌無遺矣。」

按照現象學的文學理論，這些充滿色澤、聲情與律動的詩句，它們之所以能構成一個客觀情境是因為在連續的句子系統組織中，針對一個事物的描述對象投射出一個共同相應的事態群，所有這些事態群又都同時屬於一個並且是同一個事物，這一個事物遂根據句子的意義群所陳述的各種事件形成彼此間因果聯繫的邏輯關係或者只是緊密地彼此跟隨著彼此，每一個事態都從不同的角度或不同的環境中共同揭示這個事物。英加登說：「如果這個句群最終構成一部文學作品，那麼我就把互相關連的句子的意向性關聯物的全部貯存稱為作品『描繪的世界』。」❿而當讀者在閱讀過程中熟悉描繪

---

❿　參該書頁30。

世界時，他就獲得了關於這個事物更加鮮明、更加精確的知識，甚或也經驗了這個事物的命運。以〈物色〉之例來說，就是在「情往似贈，興來如答」的主客聯繫狀態基礎上，通過句群的描述，從遠近大小的不同角度來描繪事態，如「天高氣清」、「霰雪無垠」、「清風明月」、「白日春林」之相對於遠而大的角度；又如「玄駒步」、「丹鳥羞」「一葉迎意」、「蟲聲引心」之相對於近而小的角度；而在這些連續相應的事態群之中，讀者經句子的意義群渠道，多次完成「客觀化」（objectification）的活動❶，遂得以從個別的意向及事態中構成一個完整的客觀情境，浮現了如〈桃夭〉、〈采薇〉、〈伯兮〉、〈角弓〉、〈葛覃〉、〈草蟲〉……等自足的世界及其情感氛圍。可見，句群意義層次所發揮的功能正是意向事態的世界描繪。

　　在劉勰的論述中又可以看出，他從字數的奇偶參伍中掌握語詞聲音序列中的雙聲、疊韻和反覆的旋律，又從它們彼此之間的相互聯繫擴展到意向性客觀及事態之間的相互輝映等語言層次，試圖立體地詮釋句子的結構是如何地在其展開過程中為它們意向性投射的

---

❶　英加登認為：「為了使描繪世界獲得它的獨立性，讀者必須完成一種綜合的客觀化，把各個句子投射的各種細節聚集起來並結合成一個整體。這種綜合的客觀化並非把一個一個的事實加起來，而是使它們成為一體。通過事實與細節的交織，讀者把握住一個一體化的事態或對象的形象。」英加登強調：只有通過綜合的客觀化，再現客體才對讀者呈現出它們自己的擬實在性。這個擬實在性有它自己的面貌、命運和動力。只有在這樣的「客觀化」之後，讀者才能目睹那些事件和客體，彷彿就在目前，於是，他以審美態度理解它們並以相應的情感做出審美價值的反應。詳參《對文學的藝術作品的認識》，頁 47。

關聯物窮理寫貌，即使援用的《詩經》文例是那樣簡潔樸素，這個原理依舊深刻永恆，確實「雖復思經千載，將何易奪。」而英加登也屢次強調：句子的句法結構同描繪世界及其中發生的事件，在閱讀過程中和讀者維持著極為密切的聯繫，這種聯繫一方面植根於句子結構，另一方面植根於描繪世界對讀者顯現的形貌和個性；所以，唯其築基於這個聯繫構造之上，如〈物色〉所吟詠的詩句才得以鮮明生動的體現桃花之鮮、楊柳之貌、朝陽之容、雨雪之狀、黃鳥之聲、草蟲之韻，以及日月星辰、水陸草木等情態，只不過英加登還深究了修辭句法的結構因素，如名詞、動詞、連接詞、主語、謂語、獨立句、複合句等之間的組合分析，而劉勰則不然，他是從字數上之單複繁簡❷、文藻上之肥瘠妍媸❸、聲氣上之抑揚通塞❹、情志上之豐儉隱顯❺上進行創作論的考究。

不論是英加登的文法結構分析，還是劉勰的文術論分析，這些分析的具體結果都可以作為審美價值質素的對照基礎，例如語法意

---

❷ 〈章句〉：「若夫章句無常，而字數有條，四字密而不促，六字格而非緩。或變之以三五，蓋應機之權節也。」以上言單複。〈鎔裁〉：「精論要語，極略之體；游心竄句，極繁之體；謂繁與略，隨分所好。引而申之，則兩句敷為一章；約以貫之，則一章刪成兩句。」以上言繁簡。

❸ 〈情采〉：「夫水性虛而淪漪結，木體實而花萼振；文附質也。虎豹無文，則鞹同犬羊；犀兕有皮，而色資丹漆；質待文也。若乃綜述性靈，敷寫器象，鏤心鳥跡之中，織辭魚網之上，其為彪炳，縟采名矣。」

❹ 〈聲律〉：「凡聲有飛沈，響有雙疊，雙聲隔字而每舛，疊韻離句而必睽；沈則響發而斷，飛則聲揚不還；並轆轤交往，逆鱗相比，迕其際會，則往蹇來連，其為疾病，亦文家之吃也。」

❺ 〈情采〉：「為情者要約而寫真，為文者淫麗而煩濫。」

義上的簡潔或複雜、句子意義結構是否清晰透明，在展開句子的過程中是自由流暢，還是迴環曲折，其結構序列的動力強弱與速度快慢如何……這些產生於句子以及意群結構的性質，將滲透到作品的風格面貌。劉勰在〈體性〉曾指出：「複采典文」形成遠奧的風格；「覈字省句」形成精約的風格；「辭直義暢」形成顯附的風格；「博喻釀采」形成繁縟的風格；「卓爍異采」形成壯麗的風格；「危側趣詭」形成新奇的風格；「浮文弱植」形成輕靡的風格。

　　劉勰高瞻遠矚的文論建設契合著本世紀卓越的現象學文論，雙方殊途同歸地強調句子以及意群結構的性質將深刻制約著作總體的風格特徵。不過，必須再作聲明的是：有些句子的語意結構形式簡潔明瞭，所以形成了顯附明暢的作品風格；有些句子的語意結構形式複雜博深，所以形成了遠奧婉晦的作品風格，但並不能就草率地以為結構簡單樸素的短句就是易於理解的；而結構複雜精巧的長句就是不易理解的，所以，風格的隱奧顯附與句子結構的難易長短有相對的自然關係，而無絕對的必然關係。

五、在〈神思〉、〈比興〉、〈隱秀〉上詮釋《文心雕龍》有關圖式化外觀及再現客體層次的觀點

㈠基本概念說明

　　文學藝術作品的圖式化外觀層次和再現客體層次是植基於第一和第二等語言學結構層次以上的深層結構，此外，圖式化外觀的現

實化❻和具體化與再現客體的客觀化和具體化是同時進行的,所以本節將這兩個層次合併討論。在這一部分的學理建設,英加登的現象學文論有獨步創發的傑出表現和精密細緻的現象分析,而《文心雕龍》雖有〈神思〉、〈比興〉、〈事類〉、〈夸飾〉、〈麗辭〉、〈隱秀〉等或部分,或較全面地討論,但仍是吉光片羽地印象式點染,未見完整圓密的論述,不過這並不表示劉勰輕視文藝作品的深層結構,或無力深究作品的具體實現,可能的原因應是他將作品的客觀化與具體化理念散置於相關篇章,因為它們是作品結構的終極實現,所以會散布到各篇的討論脈絡,以作為文藝作品的審美旨趣,另一個原因可能是:這部分的認識過程微妙玄奧,較不易作理性認識的細緻分析,尤其他又以駢儷的美文作傳達的工具,因此,有關文學藝術作品的深層結構必須借助英加登的理論進行補充說明,尤其是牽涉到讀者的認識過程部分。

現象學文論認為文學的藝術作品是一個圖式化構成 (a schematic formation),而作品的具體化就是由不斷上升的各層次之相關性質所共組而成,並且終結於一種主導性質,也就是作品情感與藝術價值的產生。關於此,劉勰曾說:「炳爍聯華,鏡靜含態,玉潤雙流,如彼珩珮」(〈麗辭〉);或「談歡則字與笑並,論感則聲共泣偕。」(〈夸飾〉)談及作品的具體化構成後引發帶有情感色彩的審美質素。

---

❻ 英加登認為:讀者的作用就在於使自己適合於作品的暗示和指示,不是現實化地隨意選擇的任何外觀,而是現實化由作品暗示的那些外觀。參《對文學的藝術作品的認識》,頁 57。

　　所謂「圖式化構成」係指任何一部文學的藝術作品在全部句群意義這一層次上，僅能以有限的文句表現有限的意向性關聯物，而這些意向性關聯物也只是呈顯在有限時空中的某些事態，所以，一部作品的意向性關聯物充其量也只能是事物之圖式化方面的連續組合體或綱要式的外觀，作品乃是通過這個圖式化外觀建造而成的，它近似有機生命體的基本骨架。由於作品只能是綱要式勾勒略圖，所以它必然包含著許多的「不定點」（places of indeterminacy），這些字裡行間的空白處需要由讀者的想像活動來填充，作品的具體化才得以實現，作品的描繪世界也才可以浮現，但這時的再現客體已經不是基本骨架的圖式化外觀而已，讀者的創造性、綜合性想像活動已經為這個骨骼架構賦予了情感血肉。所以英加登認為只有從圖式化構成的作品本身過渡到它的具體化，我們才能把作品看成是一個展開的過程，作品及其具體化的各個因素在這個過程中才開始呈現出生命的外觀和功能。

㈡《文心雕龍》的相關觀點發微

　　劉勰應已體察句子及意義群層次所建立的外觀是有限的略圖，所以他在《文心雕龍》建議從以下兩個原則謀劃理想的作品，第一是以少總多，舉要治繁；第二是用隱秀來觸發言外之複意。

1.圖式化外觀的相關看法

　　關於圖式化外觀的觀點，劉勰在〈夸飾〉有言：「夫形而上者謂之道，形而下者謂之器；神道難摹，精言不能追其極；形器易寫，壯辭可得喻其真。」這裡顯示他體察作品在本體上只能透過外觀上的圖式來描繪難以盡摹的作品全體世界。此外，〈情采〉說：「為情者要約而寫真」；〈物色〉說：「皎日嘒星，一言窮理；參

差沃若，兩字窮形，並以少總多，情貌無遺矣。」〈總術〉說：「三十之輻，共成一轂……乘一總萬，舉要治繁。」〈比興〉說：「稱名也小，取類也大。」又〈事類〉說：「事得其要，雖小成績，譬寸轄制輪，尺樞運關也。」劉勰在上述這些篇章中以一轂統輻、戶樞制關的譬喻和《詩經》中以一言兩字勾勒情貌外觀的例證等資料，說明文學藝術作品的結構原則是建立精約得體的綱要外觀，這些外觀要十分考究，才能自動上升到寫真盡貌的再現客體層次，所謂制輪運關、乘一總萬等的比喻，就是在形容圖式化外觀以有限條件啟動作品待發的潛力。

作品本身的圖式化外觀雖然只是處於潛在的待機狀態，但這個「外觀」層次在文學藝術作品中發揮著極其重要的作用，特別是對於在具體化中構成審美價值方面有重要的影體，因為具體化的生成、發展與實現，都必須立足於圖式化的外觀。所謂外觀，係英加登所使用的術語，偏於廣義的解釋，意指感性知覺主體所體驗的一切心理物理結構外觀。其實，這個外觀應可以用六根、六境、六識合成十八界的佛理來詮證，劉勰精研佛理，對此自然深入的領會，所以他能扣緊外觀的聽知覺結構、視知覺結構、認識和審美上的相關結構。在〈知音〉中標示的六觀❶已見其全貌，而當中的「觀置辭」、「觀事義」和「觀宮商」更直接和眼識、意識、聽識具體關涉，其他如〈定勢〉說的：「繪事圖色，文辭盡情。」、「宮商朱紫，隨勢各配。」及「此循體而成勢，隨變而立功者也。雖復契會

---

❶ 六觀是：一觀位體，二觀置辭，三觀通變，四觀奇正，五觀事義，六觀宮商。

相參，節文互雜，譬五色之錦，各以本采為地矣。」；又如〈比興〉的：「或喻於聲，或方於貌，或擬於心，或譬於事……圖狀山川，影寫雲物，莫不織綜比義，以敷其華，驚聽回視，資此效績。」這些文句透露出劉勰明白知覺主體（包括作者和讀者）從六根體驗到呈顯在圖式化外觀中的六境，再由六根與六聲的接觸互動而產生了六識的感知，繼而展開了六觸及其後一連串的受想思等認識及審美活動，如果展開過程順利圓滿，讀者不但能忠實生動地重構及再現客體，同時也能沈醉於審美情感的體驗當中，前者如劉勰提到的：「氣貌山海，體勢宮殿，嵯峨揭業，熠燿焜煌之狀，光采煒煒而欲然，聲貌岌岌其將動矣。」（〈夸飾〉）；後者如：「視之則錦繪，聽之則絲簧，味之則甘腴，佩之則芬芳。」（〈總術〉）和「是以四序紛迴，而入興貴閑；物色雖繁，而析辭尚簡；使味飄飄而輕舉，情曄曄而更新。」（〈物色〉）

　　用現象學文論的理路來推敲劉勰寄託於駢文字句中的相關觀點，也許可以有效補充《文心雕龍》在作品深層結構上的理論間隙，重建讀者的閱讀認識過程。就作品本身而言，圖式化外觀只是處於潛在的待機狀態中，它們在未被讀者現實化和具體化之前，是某種保持不變結構的先驗圖式，獨立於讀者的各種知覺變化經驗，然而一旦讀者發現並且體驗到作品那些處於待機狀態的直觀材料外觀時，這些被體驗到的作品外觀就會刺激主體發揮知覺的功能，或是要求主體進行一個生動的再現活動。如果讀者在閱讀時確能進行至少一個的再現活動，這就表示他能夠在生動的再現材料中創造性地體驗直觀外觀，從而使再現客體直觀地呈現出來。當讀者接受由作品賦予的提示和暗示，並準確地體驗到作品「包含在待機狀態」

的那些多重外觀，在某種程度上他就在自己的想像中看見它，而它也以近乎完整的形式呈現給他，這時的讀者遂與描繪的對象進行更直接的交流。就《文心雕龍》而言，〈神思〉說：「神用象通，情變所孕。物以貌求，心以理應。刻鏤聲律，萌芽比興。」〈知音〉說：「綴文者情動而辭發，觀文者披文以入情，沿波討源，雖幽必顯，世遠莫見其面，覘文輒見其心。」這些說明即在描述循認識與審美進路重建客體的歷程，而其首要前提則仍在建造一個具有蓄勢待發能量的圖式化外觀及其連續體。

2. 不定點的相關看法

繼續闡述劉勰關於不定點的看法。

現象學文論聲明文學藝術作品包含一系列的「不定點」，尤其是在客體層次上，這一方面是因為圖式化構成必然造成的情況，另一方面則肇因於文學作品是一種「擬判斷」的陳述性質。英加登指出：在作品句子的基礎上，凡是不可能說明某個對象或客觀情境是否具有某種特徵的地方，就是不定點出現的所在處。

不定點的出現並非是創作上失誤的結果，也不是偶發脫序的情況，相反的，它是任何一位作家的任何一部作品都必然會發生，也必須要發生的普遍情況，因為作家不可能用有限的語詞和句子在作品描繪的各個對象中明確而詳盡無遺地建立無限多的確定點，所以，文學作品描繪的每一個對象、人物、事件等等，都包含著許多不定點，特別是對人事物遭遇的描繪根本無法遍透一切時空和事件，因此，理想的文學作品結構並不是盡可能地使再現客體的細節都被明確地限定下來，相反的，明智的作法應該是慎選重要而有利於作品的某些人事物時地的特性和狀態，並且賦予一個適當的圖式

化外觀來配置；其餘的東西最好處於不確定狀態，或僅僅為它們勾勒出一個輪廓，這樣，讀者既可以近似地、模糊地猜測出它們，而它們也被作者刻意保持為模糊的，以避免紫之奪朱般地干擾作品的重要特徵。

劉勰在〈史傳〉談及紀人紀事之文的寫作要領時，有一段論述頗能看出他對不定點與再現客體間的相關看法，文說：「尋繁領雜之術，務信棄奇之要，明白頭訖之序，品酌事例之條，曉其大綱，則眾理可貫。」他注視到紀傳文體必須明智地安排事件確定點與不定點的結構形式，使事件分明，條理一貫，大綱昭晰，且最好以下列四種結構樣態為圭臬：「或簡言以達旨，或博文以該情，或明理以立體，或隱義以藏用。」（〈徵聖〉）

劉勰在〈物色〉還提到有些不定點並非是消極地發生，而是積極地被作者設置出來，作者刻意抑制某些部分或略寫，或不寫，令這些不被明確說出來的不定點更富暗示的魅力，也就是：「思表纖旨，文外曲致，言所不追，筆固知止。」這些被作家布置在字裡行間的不定點或空白處，由於得到文字止步的鬆綁權利，使讀者在文本允許的範圍內，更可以主動積極地進行具體化。一個成功的填補方式往往使作品光輝四溢，引人入勝，那文外的纖旨曲致也因為讀者的現實化而變得更鮮明，更獨特，更多采多姿；當然，我們也不能排除下列兩種情況，其一是有些不定點只是文本中無關緊要的空隙；其二是有些讀者對不定點的填補方式不佳，使作品黯然失色，碌碌平庸，此所以劉勰說：「文情難鑒，誰曰易分。」又說：「豈成篇之足深，患識照之自淺耳。」（〈知音〉）

由於不定點的意義及價值一般說來是含蓄蘊藉的，所以要設置

或判讀出具有重要審美意義之不定點是一件不易的活動，職此之故，隱幽的不定點雖然是藏身於黑暗處，但作家總要為它先行設置好一個顯而易見的明確語境作為前提才方便烘托，現象學文論「不定點」的這個原理恰好與〈隱秀〉遙相呼應。

　　不定點相當於「隱」；鮮明特定的語境相類於「秀」；劉勰說隱和秀的巧妙組合可以達到「深文隱蔚、餘味曲包。」的審美價值，他用「祕響傍通，伏采潛發」、「珠玉潛水，而瀾表方圓」的譬喻描述「隱」在作品結構中的存在狀態和審美功能，但隱是無法孤立懸置的，它必須和秀互生相長，所謂「文之英蕤，有秀有隱。」而被作家蓄意擱置的「隱」，它們之所以能在祕而不宣的埋藏下猶可「動心驚耳，逸響笙匏」，關鍵前提是句子以及相互聯繫的句組意群要有鮮明生動的語境，唯其如此，讀者才能充分掌握描繪世界，唯其能充分掌握描繪世界的提示，讀者才能恰如其分地填補留白的不定點，以便展開「互體變爻，而化成四象。」的審美體驗。所以「隱」是埋伏，「秀」是前導；埋伏以深密藏匿為本，前導以獨拔張皇為要，因此劉勰用「卉木之耀英華」、「繪帛之染朱綠」來形容繁鮮煒燁的秀句，它相類於鮮明的語境。

　　任何不定點都可以用好幾種方式來填補並且仍然和作品的語義層次協調一致，英加登因而考察到完成不定點的可變性界限總是等於或大於二，因為可變性界限如果等於一，那它就是確定點而不是不定點。令人驚奇的是一千五百年前的劉勰就有遙契這項論據的先見之明，〈隱秀〉說：「隱也者，文外之重旨者也。」又說：「隱以複意為工。」、「互體變爻，而化成四象。」其中的「重旨」、「複意」、「互體」在在表達他對不定點完成後的可變性界限數目

至少要等於二的卓識。

　　現象學文論強調文學藝術作品所使用的陳述句是「擬判斷」，擬判斷的句子特徵是具有雙重的意義，這些句子對讀者有一種暗示的力量，使他接受從句子直觀材料中產生的字面意義，但語詞及句群意義卻又滲透著某種朦朧的另一個意義，由於擬判斷句含有暗示力量，所以儘管讀者不能直接從字面形式上確認它，但文本的這股暗示力量令他相信在意象中顯現出來的另一重意義是可能的，不過即使如此，字面的意義也依舊存在，並未遁失，於是，這兩重意義就共存於作品中，閃爍掩映成趣。

　　我們可以在〈比興〉、〈事類〉考辨劉勰的相關見解。雖然他運用的是言約旨豐的文言駢體，但徵諸上下文理及舉用的文例也能察得其中的理念。他說：「何謂為比？蓋寫物以附意，颺言以切事者也。故金錫以喻明德，珪璋以譬秀民，螟蛉以類教誨，蜩螗以寫號呼，澣衣以擬心憂，席卷以方志固，凡斯切象，皆比義也。至於麻衣如雪，兩驂如舞，若斯之類，皆比類者也。」《詩經》中的這些例句都具有「附意」、「切事」的真正意義；但這些真正意義是依附於「寫物」與「颺言」的字面意義，雖然這兩重意義都在各自所屬的層次有深淺表裡前後之別，但在作品的內容與形式中，它們都有各自不同的功能，任何一重都不容漠視；如果其中一個層次佔據了前景，當然，其他層次只能在後面通過它來顯示自己，但是，前景只是一種筌蹄式的工具，它使其他層次經過自己的顯示而呈現出來。在〈比興〉之中有不少的例證可說明前景與主題的關係，例如：金錫、珪璋、螟蛉、蜩螗、澣衣、席卷、白雪、舞容等是為前景的這一重意義；而通過它們呈露的主題是：明德、秀民、教誨、

號呼、心憂、志固、麻衣、兩驂；劉勰還將這兩重意義的結合類型概括為四種：「或喻於聲，或方於貌，或擬於心，或譬於事。」經由聲、貌、心、事等圖式化外觀投射的描繪世界來發現詩歌中的新焦點。如果「字面的」陳述和「真正的」意指之間的聯繫堅定明確，那麼可以歸之於「比」；如果兩者之間的聯繫迷離閃爍，並且在迷離閃爍中獲致獨特的藝術效果，那麼可以以「興」稱之，劉勰說：「比顯而興隱」、「興者……依微以擬議……婉而成章，稱名也小，取類也大。」不論是比，是興；是譬喻，是象徵，他用「擬」、「依」、「切」、「附」來指認其間的結合狀態；可見對於英加登文學作品是「擬判斷」陳述的理論，劉勰早有專篇闡論，即使語彙不同，亦不妨害其本質上的會通。

當然，文學的藝術作品之所以得獲建構、理解；不定點之能被設置、填補；句子描繪的客體層次得獲具體實現，在在需要積極能動的想像力，藝術想像的思維活動是一切作品的創作泉源，從現象學派而言，文學更是一種「游心內運」的純粹意向性活動，從劉勰將〈神思〉繫於下篇文術論之首，即可意會出其重要地位。他說：「寂然凝慮，思接千載；悄焉動容，視通萬里；吟詠之間，吐納珠玉之聲；眉睫之前，卷舒風雲之色；其思理之致乎！」這段文字說明劉勰認為想像活動往來於感覺經驗與精神活動之間，感覺經驗以視知覺的形象與聽知覺的聲律為要，但這些想像活動又可突破身根觸境的限制，所以是純粹意向性活動的動力，也是構成藝術創作與審美活動的本質，這個理念是《文心雕龍》與英加登一致認可的。

六、結論

英加登與胡塞爾均是哲學碩彥,但他們一致認為哲學不是一種智力訓練,也不是眾多知識之中的一種學門,而是一種可以為所有其他學科提供研究基礎的「精密科學」,哲學應可對其他學科——例如文學——的概念和程序作出解釋,為它們的確定性評價提供基礎,所以,他們致力於以研究哲學的方式進行其他學科的研究。以英加登而言,他試圖分析的是——知識對象的存在性質和方式,而他最感興趣的知識對象則是美學與文學。他的著作志在使文學研究成為一門精密學術,他闡明文學的對象,以及對象如何呈現於意識,因此,他的著作是文學哲學,他既為文學研究奠立確實的基礎,又實際地處理作品的各類研究,包括作品的存在方式和形式結構,儘管有人苛責他的研究過於抽象,但這正是他的研究宗旨和勝場,他致力的目標就在超越個別的實際作品評價,他要證明一切文學作品均有共同的形式結構,而他也耗資三十年的光陰取得了卓越的成就。

本文的研究主旨在於以新的研究方法拓展《文心雕龍》的學術領域,希望借助現象哲學研究的成就賦予《文心雕龍》具有前瞻性的理論詮釋,然而學殖甚瘠,闕誤必多,所敢獻曝者,唯作拋磚引玉之期盼。在研究的過程中,深刻體察到劉勰歷久彌新的理論精義,以「獨步千古,領先群倫」的稱譽譽之,也當之無愧,尤其是在和以嚴謹周密著稱的英加登作品對勘之後,更能發現其珍貴價值。

第五章 《文心雕龍·諧讔》對傳統滑稽文學的詮解

一、前言

〈諧讔〉是劉勰在《文心雕龍》文體論中「論文」❶部分的最後一篇。該篇遵循〈序志〉所訂立的論述綱領：即「原始以表末、釋名以章義、選文以定篇、敷理以舉統」的原則，針對「諧」和「讔」等兩種相類的文學體裁，依次說明它們在文類定義上的概念範疇，以及在文學史上的源流、發展和演變，並從歷代具體的諧讔作品中，歸納出諧讔體的創作規律、審美效應和文學的目的與功能等，藉以控引諧讔文學的創作者能步上理想的發展軌道。因此，《文心雕龍·諧讔》稱得上是我國從商周以迄兩晉約千餘年間的滑稽文學理論代表作。

劉勰說：「諧之言皆也，辭淺會俗，皆悅笑也。」指出「諧」

---

❶ 《文心雕龍·序志》曰：「若乃論文敘筆，則囿別區分。」論文十篇依次為：〈明詩〉、〈樂府〉、〈詮賦〉、〈頌讚〉、〈祝盟〉、〈銘箴〉、〈誄碑〉、〈哀弔〉、〈雜文〉和〈諧讔〉。

作為一種文學體裁，其文體特徵是：文字通俗淺顯，能博取讀者們開懷悅笑的反應。劉勰又說：「讔者，隱也；遯辭以隱意，譎譬以指事者也。」說明「讔」的文體特徵是：措辭要刻意曲折，譬喻要巧妙詭譎，讀者在閱讀時必須動腦筋推敲，才能玩味出隱藏於其中的弦外之音。所以「諧」和「讔」雖然是獨立而相異的文體，但彼此卻共有著相似的修辭要領、審美反應和文學目的。〈諧讔〉說：「隱語之用，被于紀傳。大者興治濟身，其次弼違曉惑。蓋意生於權譎，而事出於機急，與夫諧辭，可相表裏者也。」質言之，即「諧讔」都是採用譎辭飾說的表現技巧，能誘使讀者在猜測、鬥智中喜獲消遣解悶的趣味，並且總在笑過之後，領悟到某種事理的啟示，所以它們皆以順美匡惡，興治濟身為其文學目的；這就是劉勰將「諧辭」和「讔言」共置於一篇來加以論述的原因。

　　劉勰秉持著其精湛的文學卓識，正視了處於邊陲地帶的諧讔文體，他的真知灼見不但為諧讔體立下了完整的創作與批評理論體系，同時也為古往今來數量龐大的諧讔作品確立了安頓的範疇，包括民間通俗文學中的謠、諺、隱語、謎語、歇後語、笑話、俏皮話，和遊戲文學中的繞口令、集句詩、離合詩、字謎詩、聯邊詩等，此外歷史上的滑稽傳錄、詼諧言論和諷刺類的寓言文學等，也都可以被網羅進來，甚至於近代報章雜誌上的趣談、滑稽文學、政治漫畫上的妙批、諷刺社會時事的評論文章，以及現代流行於青少年和學童之間的「腦筋急轉彎」等，也都離不開諧讔體「遯辭以隱意」及「皆悅笑也」的文類特徵。由此看來，劉勰所建立的文學理論體系果真是體大思精、淹通古今，這也是現代研究喜劇美學的學者，如朱光潛、湯哲聲、潘智彪等，莫不大力推崇《文心雕龍》的

〈諧讔〉，乃是我國古代文論中最早的一篇喜劇美學論著。❷

　　由於歷代的諧讔體作品繁複多樣，而且在名稱的使用上也不一致，有的稱詼諧文學，有的稱幽默文學，有的稱笑書、趣談、滑稽文學、諧謔文學、嘲諷文學等不一而足，所以本文在論述之前，有需要先作正名的工作。從「諧讔」來說，劉勰所設立的「諧讔」體一詞，自然有它的概念範圍，不過，若放在今日討論，「諧讔」似可以「滑稽」來取代，因為「滑稽」已被認為是美學體系中的一個範疇，它的涵蓋面廣闊，既可以作為一種文學體裁，也可以是一種表現手法，或是一種審美心理感受，如果把滑稽作為一種文體概念，那麼滑稽文學指的是那些運用滑稽的修辭技巧、能引起滑稽悅笑的心理反應的文學作品，包括滑稽謠諺、遊戲文學、笑話、規諷寓言、和一些運用滑稽表現手法得當的言詞及行為等。因此，以

---

❷　朱光潛：「我國最有科學條理的文論家劉勰在《文心雕龍》裏特闢〈諧讔〉一章來討論說笑話和猜謎語，也足見他重視一般人所鄙視的文字遊戲。文字遊戲不應鄙視，因為它受到廣大人民的熱烈歡迎，它是一般民歌的基本要素，也是文人詩詞的一個重要組合部分。」參《朱光潛美學文集》第五卷（上海：上海文藝出版社，1989 年 4 月一版），頁 115。湯哲聲：「在中國文學史上，滑稽文學淵源流長，自成系列。《史記‧滑稽列傳》系統地記載著中國最早的滑稽文學作品，《文心雕龍‧諧讔》是最早系統地討論滑稽文學的理論文章。」參《中國現代滑稽文學史略》（臺北：文津出版社，1992 年 8 月初版），頁 191。潘智彪說：「南朝傑出的文論家劉勰對喜劇的功能則看得更寬一些。他在《文心雕龍》一書中專列了〈諧讔〉一章，詳述笑的功用：『古之嘲隱，振危釋憊。雖有絲麻，無棄菅蒯。會義適時，頗益諷誡。空戲滑稽，德音大壞。』這裏從正反兩面強調笑的作用，反對為笑而笑的『空戲滑稽』，推崇能『抑止昏暴』、『有益規補』的喜劇藝術。」參《喜劇心理學》（廣州：三環出版社，1989 年 12 月一版），頁 52。

「滑稽」來取代「諧讔」來概念，應該是可以被接受的。再者：徵諸〈諧讔〉的內容，也的確與此範疇一致，所以本文即採「滑稽文學」的概念，嘗試詮釋劉勰所成就出來的喜劇美學中的滑稽範疇。

詼諧逗趣的滑稽言行，是人類文化發展史上的一種源遠流長的喜劇型態，由於它的表現方式機伶逗趣，所以頗受大眾審美習性的歡迎。在我國，《史記》的〈滑稽列傳〉是最早記錄滑稽史實的文獻；而劉勰《文心雕龍》的〈諧讔〉則是最早探討滑稽文學理論的著述，傳統對於「滑稽」名義的解釋，可以唐·司馬貞在《史記·滑稽列傳·索隱》的詮訓為代表：

> 滑，謂亂也；稽，同也。以言辯捷之人，言非若是，說是若非，能亂同異也。楚辭云：「將突梯滑稽，如脂如韋。」崔浩云：「滑音骨；稽，流酒器也。轉注吐酒，終日不已，言出口成章，詞不能窮竭，若滑稽之吐酒。」……姚察云：「滑稽猶俳諧也。滑讀如字。稽音計也。以言諧語滑利，其知計疾出，故云滑稽也。」

從司馬貞所徵舉的訓詁中，我們瞭解滑稽一詞指的是靈心慧舌、巧言善辯、反應機敏的滑利文辭。若再根據〈滑稽列傳〉中關於優孟、優旃、東方朔的行為特徵記載，滑稽一詞的意義，還應該包括俳優們在說笑諷諭時，為求喜劇性的效果，而必然伴隨著的詼諧動作和誇張表情，所以，滑稽的概念，就又包含了這種特定模式的表現技巧。我們若再考慮到滑稽創作者與接受者的心理反應，還能發現到滑稽為何以可以達成規過勸善的教化功能，這是因為誇誕古

怪、正言若反的滑稽言行，常能逗笑身處其境的人們，而人們每因笑而鬆弛，於是就在這輕鬆的氣氛中，他會暫時撤去心理上的敵意防備，所以比較容易接受滑稽言行的誘導，進而順應對方所暗示的規諷要求，成功達成順美匡惡的教化功能。而滑稽進諫的的優人們也能夠在悅笑歡喜的情境中，受到安全的庇護，免除因為直諫犯怒所可能遭遇到的迫害。所以，滑稽是寓諫於笑的喜劇形態，它在裝瘋賣傻、嘻笑怒罵的外在形式下，也具有嚴正的社會意蘊，這個要求也是我國文士很早就自覺到的評論標準，劉勰在〈諧讔〉的贊辭中就說到：「古之嘲隱，振危釋憊，雖有絲麻，無棄菅蒯。會義適時，頗益諷諫。空戲滑稽，德音大壞。」

　　本論文擬從劉勰對於滑稽文學創作動機之認識、及其對滑稽文學的表現技法與其教化功能之體認等兩方向擴大進行討論，以掌握我國滑稽文學的生態結構，包含發生的背景、發生的原因、發生者彼此之間的關係，發生時的反應及發生後的各方面影響，並抽繹出其中的原理與規律。為求詮釋深入，亦將援用部分西方喜劇理論來作補充說明。

二、劉勰對滑稽文學創作動機的體認

　　時代性、世俗性和喜劇性是滑稽文學的生命力，當政治社會發生錯誤、紊亂而使人民的生活受到委屈不幸時，人民每善於運用人物形象的錯位藉以造成滑稽突梯的情狀，以發抒內心的忿忿不平或是不以為然的鄙夷之情。劉勰從《詩經》、《戰國策》、《國語》、《左傳》、《禮記》、《史記》、《漢書》、《三國志》、《列女傳》等文獻，體認到因為政治上的人謀不臧，致使百姓產生

怨怒之情，於是刺激民間作者構畫滑稽謠諺來釋怨，〈諧讔〉說：

> 芮良夫之詩云：「自有肺腸，俾民卒狂。夫心險如山，口壅若川，怨怒之情不一，歡謔之言無方。」

此處劉勰從《詩·大雅·桑柔序》的「桑柔，芮伯刺厲王也。」以及〈桑柔〉的十六章詩歌中歸納出此詩的創作動機在於周厲王專斷貪利，侵害百姓，使得國家昏亂、進退維谷，賢人芮伯憂國恤民，不忍坐視，因而賦詩諷刺時政，詩之第七、八章曰❸：

> 天降喪亂，滅我立王，降此蟊賊，稼穡族瘁，哀恫中國，具贅卒荒，靡有旅力，以念穹蒼。
> 維此惠君，民人所瞻，秉心宣猶，考慎其相，維彼不順，自獨俾臧，自有肺腸，俾民卒狂。

劉勰認為這種以嘲笑口吻發抒怨怒之情的民間詩歌，其創作動機係肇端於政治環境的濁垢險惡，由於生活條件惡質化，使得廣大的民眾其幸福受到嚴重的威脅與打擊，因而造成民心忿恨不滿，積怨填膺，所以就創造出歌謠、諺語、詩篇等作品來挖苦君王、奚落時事，這正是《國語·周語》中所說的：「召公曰：『防民之口，甚於防川，川壅而潰，傷人必多，民亦如之。』」當然，〈桑柔〉

---

❸ 見〔清〕陳奐：《詩毛氏傳疏》（臺北：臺灣學生書局，1981 年 11 月六版），頁 764。

只是劉勰擷取自《詩經》中的一例，在〈國風〉之中，秉持著「心險如山，口壅若川，怨怒之情不一，歡謔之言無方。」而創作出來的滑稽詩歌還有不少，例如〈鄘風·鶉之奔奔〉透過居有常匹，飛則相隨的鶉鳥，來譏笑衛宣姜的不純不良，詩曰：「鵲之彊彊，鶉之奔奔，人之無良，我以為君。」；又〈相鼠〉的作者藉著有皮有齒有體的老鼠，來譏笑無禮無儀的人不如一隻老鼠，詩曰：「相鼠有皮，人而無儀，人而無儀，不死何為？」；或如〈邶風·新臺〉的作者以粗竹席「籧篨」和蟾蜍「戚施」❹來挖苦衛宣公「癩蛤蟆想吃天鵝肉」的醜態，又〈唐風·山有樞〉以對比的修辭法，突出了吝嗇的闊佬有財不能用的愚昧，詩曰：「山有樞，隰有榆，子有衣裳，弗曳弗婁；子有車馬，弗馳弗驅，宛其死矣，他人是愉。」；又如〈魏風·碩鼠〉的作者厭憎苛賦重斂的稅政剝削，因而拿毛茸茸的貪吃大老鼠來加以諷刺，詩曰：「碩鼠碩鼠，無食我黍，三歲貫女，莫我肯顧，逝將去女，適彼樂土，樂土樂土，爰得我所。」可見作為中國最早的一部詩集——《詩經》，其中已有不少篇章創作是針對政治現實和社會生活的不滿而發的怨言。以〈國風〉來說，它主要是各地方的民歌作品，由於一般庶民百姓鍾愛喜劇性、直觀性和通俗性的表達方式，所以以語涉詼諧、意趣嚴正的滑稽詩篇來排遣苦悶。朱光潛在〈詩與諧讔〉一文中說「諧讔」是「諧趣」（The sense of humour），它是人類原始的，普遍的美感，是

---

❹　陳奐《詩毛氏傳疏》曰：「《御覽·蟲豸部·薛君章句》云：『戚施，蟾蜍，喻醜惡。韓謂戚施即蟾蜍以喻醜態，則上章籧篨為粗竹席，亦喻醜惡。』」同注❸，頁124。

「以遊戲的態度，把人事和物態的醜拙鄙陋和乖訛當作一種有趣的意象去欣賞。」❺先民也相信，冷嘲熱諷、聲東擊西的滑稽文學不但宣洩了他們抑鬱憤懣的情緒，甚至也能產生遏阻邪僻、糾舉錯誤的功能，〈諧讔〉又說：

> 昔華元棄甲，城者發睅目之謳；臧紇喪師，國人造侏儒之歌；並嗤戲形貌，內怨為俳也。又蠶蟹鄙諺，貍首淫哇，苟可箴戒，載於禮典，故知諧辭讔言，亦無棄矣。

劉勰從《左傳》的史料文學進行履勘，掌握到民眾所以編撰滑稽謠諺的動機，除了源於對現實的不滿，想藉著嘻笑怒罵來發抒內心的怨怒外，還因為「嗤戲形貌」的歌謠、諺語、笑談，具有軟中帶刺，綿裏藏針的糾彈作用。劉勰以魯宣公二年之例為說，當年鄭國攻伐宋國，宋國戰敗，宋國大夫華元因而遭到俘虜，其後宋國為了營救華元而運送盔甲去贖回他，沒想到盔甲才護送到半路，華元就已經狼狽地逃竄了回來，這件事成為民間流傳的笑柄，後來宋國修築城牆，華元負責工程的監督，築城的役夫就唱著戲謔的歌謠來挪揄他的形貌和「落跑」醜事，以不齒他懦弱畏死的行徑，歌謠如下：「睅其目，皤其腹，棄甲而復。于思于思，棄甲復來。」另外在《左傳・襄公四年》中也有類似之例，當年邾國和莒國合兵攻擊鄫國，魯國大夫臧武仲打了敗仗，民眾也以歌謠發洩怨懟之情，歌

---

❺ 轉引自湯哲聲：《中國現代滑稽文學史略》（臺北：文津出版社，1992 年 8 月初版），頁 2。

云：「臧之狐裘，敗我於狐駘。我君小子，侏儒是使。侏儒侏儒，
使我敗於邾。」以研究笑著稱的學者伯格森，在《笑──論滑稽的
意義》一書中指出笑「是一種社會制裁的手段」，他說❻：

> 在大社會當中的一切小社會都由於一種模糊的本能，想出一
> 套辦法來糾正和軟化它的成員從別處帶來的僵硬的習慣。真
> 正的社會也不例外。必須使每一個成員經常注意他的周圍，
> 仿效他周圍的人行事，避免他頑固自守或關在象牙塔裏。因
> 此，社會在每個成員頭頂籠罩上一層東西──即使不叫懲罰
> 的威脅，至少也可說是遭到羞辱的前景，這種羞辱儘管輕
> 微，卻也一樣可怕。笑的功用就應該是這樣的。對被笑的對
> 象來說，笑多少總有點羞辱的意味，它的確是一種社會制裁
> 的手段。

　　由柏格森的說明，我們益發瞭解到宋國人之模擬華元的形貌行
徑、魯國人之以侏儒戲笑臧紇，或是《詩經》中的癩蛤蟆、鵲鳥、
碩鼠……等滑稽造形，是民眾刻意的仿傚，藉以指摘出那些不宜的
行事和作為，人民用笑來嚇阻邪行的蔓延擴大，並且也用滑稽的訕
笑表示這些人事不值得嚴肅正經地對待，此外，因為笑具有情緒上
的感染性，一人笑，十人笑，百人笑，很快地就將滑謠諺流傳開

---

❻　〔法〕昂利・伯格森著，徐繼曾譯：《笑──論滑稽的意義》（臺北：商鼎
　　文化出版社，1992 年初版），頁 86-87。

來，而達到群體共同糾正的制裁力量。皮丁頓在《笑的心理學》❼
說明了這種社會性的輿論懲罰作用，他說：

> 正如懲罰犯罪行為可以毫無疑問地附帶起到威懾作用，笑，
> 也可以起到懲罰的社會性功用。但是，在這兩種情況下，懲
> 罰是社會對於那些使社會賴以存在的社會價值體系遭到傷害
> 的行為的直接反應。同樣，在這兩種情況下，當個人要為懲
> 罰的起因負責的時候，他在實際上會感到自卑，因為他已經
> 觸犯了社會。但是，如果他犯了滑稽的過錯，他會感到格外
> 羞愧。因為，他所招致的這種懲罰（笑）意味著他的行為不
> 值得嚴肅地對待，他因為無法使他的社會群體生氣而不可能
> 感到滿足。正如阿德勒所言，很多犯罪的原因都可以從中找
> 到解釋。正因為如此，滑稽雖貌似浮淺，但在所有的社會懲
> 罰中是最令人畏懼的。

所以劉勰又舉《禮記·檀弓》之例來說明滑稽俗諺在創作時考
慮到的箴戒目的。〈檀弓〉載魯國成地人流傳著「蠶則績而蟹有
匡，范則冠而蟬有綏，兄則死而子皋為之衰。」的俗諺，這個俗諺
的創作源起，係針對成地有位民眾，他的哥哥死了卻不為他服喪
服，後來聽說孔子的學生子皋要來成邑擔任地方官，才趕緊穿戴上
衰服。這個詼諧的諺語借著蠶在蟹筐內作繭，但蟹筐可不是為了蠶

---

❼　轉引自潘智彪著：《喜劇心理學》（廣州：三環出版社，1989 年 12 月一
　　版），頁 308。

要績絲為繭而作的，委婉曲折地糾正成邑人，喪服應是為兄長逝世而穿的，而不是怕學禮的子皋要處罰他才穿的。因此，滑稽的鄉鄙謠諺，其外貌看似浮淺湊泊，但其原始的創作動機，並不是胡鬧搞笑而已，它具備著「不應該如此」的嚴肅批判內涵，以及「應該如彼」的教育意味。劉勰體認到鄉里間流傳的滑稽俚諺也深具教化之意，所以〈諧讔〉說：「蠶蟹鄙諺，貍首淫哇，苟可箴戒，載於禮典。」劉勰這種創作意識的自覺，不但是自先秦以迄魏漢的滑稽文學創作原則，而且其後代代賡續，例如明朝人郭子璋在《諧語·序文》❽中說：

> 夫諧之于六語，無謂矣，顧《詩》有善謔之章，《語》有莞爾之戲，《史記》傳列〈滑稽〉，《雕龍》目著〈諧讔〉，邯鄲《笑林》、松玢《解頤》，則亦有不可廢者。顧諧有二：有無益於理亂，無關於名教，而禦人口給者，班生所謂口諧倡辯是也，有批龍麟於談笑，息蝸爭於頃刻，而悟主解紛者，太史公所謂談言微中是也。

又如清人石成金在《笑得好·自序》中也說❾：

> 予乃著笑話書一部，評列警醒，令讀者凡有過愆偏私，朦昧

---

❽　見楊家駱主編：《中國笑話書》（臺北：世界書局，1996 年 3 月二版），頁10。

❾　同注❽，頁 19。

　　貪癡之種種，聞予之笑，悉皆慚愧悔改，俱得成良善之好人
矣。

又清，小石道人也說❿：

　　若乃以放誕為風流，以刻薄為心術，而不含其諷刺之切、勸
　　諷之取，則大失作者之本意矣。

　　滑稽文學的創作動機除了抒遣怨懟不平的情緒、制裁缺德邪曲
的行為外，暫時圖個輕鬆愉快，清和調暢一下身心，也是創作、閱
讀或流傳滑稽文學時的一個重要誘因，雖然，劉勰堅持主張所有的
滑稽諧讔作品都必須恪守「有益時用」的大前提，認為「空戲滑
稽」所造成的「博髀而抃笑」，不過是「童稚之戲謔」、「溺者之
妄笑」般幼稚愚妄，但不容忽視的是，劉勰已經歸納出「笑」的反
應是一切諧讔文學的共同特徵，而且還認識到「談笑」對於精神肉
體的健全大有裨益，〈養氣〉說：

　　至於文也，則申寫鬱滯，故宜從容率情，優柔適會。……是
　　以吐納文藝，務在節宣，清和其心，調暢其氣……逍遙以針
　　勞，談笑以藥倦……斯亦衛氣之一方也。

　　由於滑稽文學的表現技巧不平鋪直敘，它運用雙關取譬、誇張

---

❿　　同注❽，頁 21。

變形、突梯錯置和有趣的懸念設計等手法，吸引人去琢磨滑稽文學箇中的寓意，所以頗饒意趣，令人發噱，而就在讀者忍俊不禁、哈哈一笑時，不但他們一肚子牢騷瞬間烏有，而且還因為笑的行為促進了氧氣的吸入，增強了心肺的運動功能，使得人精神奕奕，此即劉勰所指出的：「逍遙以針勞，談笑以藥倦。」，而人誰不盼望在沈悶枯躁的生活壓力下，享受一下片刻鬆弛的自由和歡笑的樂趣，近人佛洛依德曾說❶：

> 生活正如我們所發現的那樣，對我們來說是太艱難了；它帶給我們那麼多痛苦、失望和難以完成的工作。為忍受生活，我們不能沒有緩衝的措施，……這類措施也許有三個：強而有力的轉移，它使我們無視我們的痛苦；代替的滿足，它減輕我們的痛苦；陶醉的方法，它使我們對我們的痛苦遲鈍、麻木。這類措施是必不可少的。

佛洛依德認為：當人們遭到困頓、失敗、痛苦、憂煩時，為了迴護自我，避免精神惡劣，必定會通過心理防衛動機的啟動，進行某種緩衝的措施，在文學中的喜劇範疇尤其如此，滑稽是源自於防衛機制而創作、而閱讀的，透過滑稽詩歌諺語的奚落訕笑，使民眾疲困的身心獲得替代性的發洩，而詼諧風趣，令人絕倒的滑稽詩文，也能帶來哈哈笑聲，是人們喜愛滑稽文學的原因，也是作家躍躍欲試

---

❶　參張喚民等譯：《佛洛依德論美文選》（上海：知識出版社，1987年），頁170。

的創作動機，以魏晉來說，嬉笑滑稽的消遣作品，也吸引了數以百計的懿文之士投身創作的行列，〈諧讔〉說：

> 至魏文因俳說以著笑書，薛綜憑宴會而發嘲調，雖抃笑衽席，而無益時用矣。然而懿文之士，未免枉轡；潘岳醜婦之屬，束晳賣餅之類，尤而效之，蓋以百數。魏晉滑稽，盛相驅扇，遂乃應瑒之鼻，方於盜削卵；張華之形，比乎握春杵。曾是莠言，有虧德音，豈非溺者之妄笑，胥靡之狂歌歟！

這一類的滑稽文學創作動機雖然被劉勰檢定是「本體不雅」、「有虧德音」的「枉轡」之作，但因其嘻笑怒罵，滿足了讀者與作者的消遣解悶需要，所以一直是民間文學中神旺氣足的文體，例如清人胡澹弇在《增訂解人頤新集·序》中即表示❷：

> 《易》曰：「憧憧往來，朋從爾思。」蓋謂人生知識而後，患得患失，一種俗情橫塞胸臆，睡夢中尚且爭名較利，況醒時而能擺韁脫索乎？終其身於困苦之中，而不能快然一解頤者宜也。然則解人頤之書尚矣，其膾炙於人口者有言，予之佩服於心者亦匪朝夕。自初集、二集，歷觀悉覽，誦讀詠歌，俱言性命，嘻笑怒罵，皆成文章，最足興感人意。

不過，劉勰對於文學的目的，向來堅持要能明理設教，開學養正，因此，油滑輕薄的無聊文學，嬉皮笑臉的滑稽作品，在他看來不但淡而無味，而且還流於過度缺德，不足為觀；所以，劉勰雖然肯定滑稽文學為民眾所喜，而其引人悅笑的審美反應也能忘倦忘憂，調暢身心，然而，思慮周密、文眼深湛如他者，自然也洞燭到這種創作動機拿捏不易，稍一不慎，即可能本體不雅，滋生流弊，或者隨口譏誚，攻訐別人容貌上的缺陷；或者洋洋得意地狎侮挖苦，作無謂的毀謗，或者賣弄文字上的雕蟲小技，膚淺而無聊地胡亂嘻笑，這些都是他從魏晉滑稽文學的臨床經驗中所診斷出來的毛病，藉以提供有志創作滑稽文學的文士們，要謹守分寸，動機端正，以防淪陷於陰暗褊狹膚泛的搞笑窠臼中，茲錄劉勰所不贊同的滑稽作品乙篇，以察驗何謂為「有虧德音」的創作動機，《世說新語·排調篇》第七則之〈頭責子羽文〉：

> 頭責子羽云：「子曾不如太原溫顒、穎川荀寓、范陽張華、士卿劉許、義陽鄒湛、河南鄭詡。此數子者，或謇喫無宮商，或尪陋希言語，或淹伊多姿態，或讋讘少智諝，或口如含膠飴，或頭如巾虀杵。而猶以文采可觀，意思詳序，攀龍附鳳，並登天府。」

這篇文章的第一人稱是假托為秦子羽的頭顱來譴責秦子羽，責怪他不懂趨炎附勢、攀龍附鳳，所以無法飛黃騰達、登朝為官，文中譏誚這些被挖苦的士人們，有的說話結巴口吃，分不清抑揚頓挫；有的瘦弱醜陋、口才不佳；有的矯揉造作，扭扭捏捏；有的聒噪不

休，欠缺才智；又有的說話含糊不清，像嘴巴含著麥芽糖；又有人生得小頭銳面，頭顱像一根包著頭巾的搗蒜棒⋯⋯這篇文章寫得酸辣有餘，可見其創作動機洶洶不善，故為劉勰所否定，甚至已不被接納為諧讔文體，而淪為「謬辭詆戲」的攻訐謗書了。除此，還有一類文字遊戲，頗受伶牙俐齒的士人們所熱衷，但也不被劉勰所認可，這類戲作常在文字的形、音、義構造上作文章，或是同音雙關，或是離析字形、曲解音義，以達到口舌之快的滿足，但劉勰批評它們「雖扰笑衽席，而無益時用矣」，他舉薛綜的例子為說，《三國志·吳志·薛綜傳》記載著：

> 西使張奉，於權前列尚書闞澤姓名以嘲澤，澤不能答。綜下
> 行酒，因勸酒曰：「蜀者何也？有犬為獨，無犬為蜀，橫目
> 苟身，蟲入其腹。」奉曰：「不當復列君吳耶？」綜應聲
> 曰：「無口為天，有口為吳，君臨萬邦，天子之都。」於是
> 眾坐喜笑，而奉無以為對。

類似的例子還出現在《世說新語》中的〈捷悟〉和〈排調〉，前者以曹操和楊修鬥智的例子最為膾炙人口，如將「黃絹幼婦外孫虀臼」八字，合為「絕妙好辭」；或是將「合」析為「人一口」，或是將「門中活」合為「闊」字等；後者則常以同音或同義的字拿來觸犯他人的祖諱，以求玩樂戲弄之趣，如〈排調〉第三十二則：

> 庾園客（庾翼字，稺恭之子）詣孫監（孫盛字安國），值行，見齊
> 莊在外，尚幼，而有神意。庾試之曰：「孫安國何在？」即

答曰「庾穉恭家。」庾大笑曰：「諸孫大盛，有兒如此！」
又答曰：「未若諸庾之翼翼。」還，語人曰：「我故勝，得
重喚奴父名。」

這種利用語言文字的構造形式而創作出來的文字遊戲，在魏晉社會
是雅俗共賞，大行其道的，雖然衛道之士不以為然，例如李慈銘即
說❸：

> 案父執盡敬，禮有明文。入門問諱，尤宜致慎。而魏、晉以
> 來，舉此為戲，效市井之脣吻，成賓主之嫌仇。越檢踰閑，
> 深堪忿疾。而鍾、馬行之於前，孫、庾效之於後。飲其狂
> 藥，傳為佳談。夫子云：「群居終日，言不及義，好行小
> 慧，難矣哉！」若此者，乃不義之極致，小慧之下流。誤彼
> 後生，所宜深戒。

但質諸於現代的滑稽文藝心理學，卻有不同的詮釋，代表理論是霍
布士的「突然榮耀說」，他在《人類本性》一書中說❹：

> ……凡是令人發笑的必定是新奇的，不期然而然的。人有時
> 笑自己的行動，雖然他並不十分奇特。人也有時笑自己所發

---

❸　參余嘉錫：《世說新語箋疏》（臺北：華正書局，1984 年），頁 805。
❹　參朱光潛：《文藝心理學》（臺南：大夏出版社，1991 年 12 月初版），頁
301。

的「詼諧」，尤其是愛人稱讚的人。就這些實例說，笑的情感顯然是由於發笑者突然想起自己的能幹，人有時笑旁人的弱點，因為相形之下，自己的能幹愈益顯出。人聽到詼諧也發笑，這中間的「巧慧」就在使自己的心裏見出旁人的荒謬。這裡笑的情感也是由於突然想起自己的優勝。若不然，藉旁人的弱點或荒謬來抬高自己的聲價。

霍布士的「突然榮耀說」說明了人們所以喜愛淘氣促狹地創作文字遊戲，賣弄雕蟲小技，或是炮製謎語，請人猜測等，都源生於自我的優越感、虛榮心，無論通過任何方式來發洩這種優越感，只要滿足了創作主體好虛榮的原始動機，他就能在得意中沾沾自喜，享受勝利的快慰，所以它是人們獲得樂趣的一個重要泉源，也是魏晉犯諱遊戲、文字遊戲等無聊文學的創作動機，它可以合理地詮釋薛綜「憑宴會而發嘲調」的析字遊戲，何以「無益時用」，但仍博得四座喜笑的滿堂喝采了。所以「優越感」是人性的基本需求，而「突然的榮耀」因可以獲得歡騰悅笑的滿足，所以刺激了作家創作滑稽詩文的內在動機，因此，我們應該承認並接納這個誘因，而不必囿於禮教，將玩笑戲耍的犯諱、析字、雙關等滑稽形式，看作是「群居終日、言不及義」的「下流小慧」。當然，必須說明的是，劉勰因其謹守崇高的教化門檻，不願降格認可「童稚之戲謔」的創作動機，但他能體認逍遙悅笑的舒暢快感，對於文藝也仍寄託有高瞻遠矚的經世理想，是以耳提面命諄諄告誡有意習作者，不要只是纖巧以弄思，忽略了規諫補過的使命，這是他的立文標準，雖然也有其侷限性。

　　除此，另有一類純為消遣娛樂而作的滑稽文學，它在魏晉文壇也是獨樹一幟，著述量頗多，但為劉勰所非議，這些作品代有人作，包括潘岳的〈醜婦賦〉、束皙的〈餅賦〉、〈勸農賦〉，以及袁淑的《俳諧文》十卷，內有〈雞九錫文〉、〈勸進牋〉、〈驢山公九錫文〉、〈大蘭王九錫文〉、〈常山王九命文〉……等，茲舉袁淑的〈雞九錫文〉為例，以利說明，文曰❶：

> 微神爵元年，歲在辛酉，八月己酉朔，十三日丁酉，帝顓頊遣征西大將軍下雉公王鳳，西中郎將白門侯扁鵲，茲爾浚雞山子：維君天資英茂，乘機晨鳴，雖風雨之如晦，抗不已之奇聲。今以君為使持節金西蠻校尉西河太守，以揚洲之會稽封君為會稽公，以前浚雞山為湯沐邑，君其祇承予命，使西海之水如帶，浚雞之山如礪，國以永存，爰及苗裔。

這篇遊戲賦作完全是虛張聲勢的玩笑文學之作，作者煞有介事地模倣錫爵封侯的文體格式，而主角不過是一隻公雞，這樣異想天開地來為一隻家禽進官加錫，其形象的錯位荒唐怪誕，引人讀後啞然失笑。魏晉南朝倣作此體的滑稽文學為數頗多，但劉勰仍不予青睞，判定它們是「雖有小巧，用乖遠大」，不過是舞文弄墨的把戲罷了。然而，值得注意的是，這一類的俳諧戲作，已經實踐了近代滑稽理論中「誇張與怪誕」的創作規律，且具有不俗的操作成績，美

---

❶　參范文瀾：《文心雕龍註》引文（臺北：明倫出版社，1971 年 10 月），頁277。

學家桑塔耶那曾就「怪誕」作過一個著名的分析：

> 類似幽默的某些東西出現在創造藝術上，我們就稱之為怪
> 誕。這是改變一個理想典型，誇大它的某一因素，或者使它
> 同其它典型結合起來所產生的一種有趣的效果。

因此，魏晉的滑稽作品，不論是奉公雞為侯爵，或是尊毛驢為王
公，還是裝模作樣地敷寫燒餅、醜婦、蘭花……等，可以說造型愈
奇特、構想愈離奇、邏輯愈反常，它的可笑性就愈強烈，車爾尼雪
夫斯基曾給「滑稽」下過這麼樣的定義，他說❶：

> 我們不能不同意這個關於滑稽的流行的定義：「滑稽是形象
> 壓倒觀念」，換句話，即是，內在的空虛和無意義以假裝有
> 內容和現實意義的外表掩蓋自己。

魏晉，甚至還可以上溯到先秦，滑稽的創作者已能運用怪誕作為喜
劇性事物的特殊表現方式，它也是逗人發笑的重要手法，以前述徵
引的例作來說，束皙、潘岳、袁淑等作家，他們的滑稽文學特色正
是建立在異想天開的怪誕造型基礎上，讀者只要想到錦袍章甫加身
的大公雞，或是土毛驢的模樣，都容易因牠們離奇古怪的滑稽模樣
而忍俊不止。所以說魏晉部分的滑稽作品雖未能得到劉勰的垂青，

---

❶ 轉引自潘智彪著：《喜劇心理學》（廣州：三環出版社，1989 年 12 月一
版），頁 132。

但他們實際上也有一定的創作表現,至於劉勰的評論標準,因為恪遵彝倫懿訓的經世教化目標,又肩負著傳統價值觀的包袱,所以排拒玩笑之作,這是他選文敷理的標準門檻。至於笑話書之作,亦可作如是觀,茲錄邯鄲淳《笑林》中的兩則滑稽笑話,以參其詳:

> 有人弔喪,並欲賫物助之,問人:「可與何等物?」人曰:「錢布穀帛,任卿所有耳!」因賫一壺豆置孝子前,謂曰:「無可有,以大豆一斛相助。」孝子哭喚「奈何」,己以為問豆,答曰:「可作飯。」孝子復哭「窮」,己曰:「適得便窮,自當更送一斛。」

> 魯有執長竿入城門者,初豎執之,不可入,橫執之,亦不可入,計無所出:俄有老父至,曰:「吾非聖人,但見事多矣。何不以鋸,中截而入。」遂依而截之。

　　這兩則笑談都以誇張的修辭方法,簡要地勾勒出因誤會或自作聰明的傻事,由於笑談中的人物實在是笨得不可思議,所以觸發了讀者「突然的榮耀感」,引起無聊但卻虛榮的笑聲。

　　綜合來看,劉勰對於滑稽文學創作動機的認識,約可從三個方向來說明,首先,他認為滑稽文學的創作背景來自於政治措施的失誤、政治人物在言行上的缺失,以及上述因素所導致的生活困境,人們為了抒發滿腔的怨怒情緒,而創作了嘲諷揶揄的滑稽謠諺。其次,他發現創作者已經察覺到滑稽文學具有社會性的懲罰與糾正錯誤的作用,所以,更優秀的滑稽作家是針對「大者興治濟身,其次

弭違曉惑」的目的,而巧妙的編撰出一篇篇的滑稽文本,以實現規諫的用意。再其次,劉勰觀察到解頤一笑,圖個開心,也是魏晉文人普遍流行的創作念頭,而劉勰自然也理解逍遙可以針勞,談笑可以忘倦的養生衛氣原理,不過,他也警覺到這類文章的安全係數極小,很可能使諷諫變成詆毀挖苦;使詼諧淪為輕薄褻玩,造成庸俗幼稚的無聊文學,不但缺乏深刻的內在意蘊,也未能具備文學應該肩負的教化功能,所以,劉勰對此,持極為保守的看法。雖然如此,但是有關笑話、趣談的文藝心理反應,近代西方的喜劇美學理論,已能從生理、心理、社會等方向,合理地詮釋人們之所以會津津樂道那種「童稚之戲虐」的深層原因,因此,我們也可以在研究滑稽文學時,適切地援取運用,不必規規地墨守著「不苟言笑」、「有益規補」的尺規;然而,我們仍應尊重劉勰所規摹的文學理想,肯定他賦予文學一個高尚聖潔的教化使命,因此,他雖然未能支持滑稽笑話、遊戲文學的存在需要,但那是他恪遵自己奠定的選文標準和敷理原則,我們盡可以豐富他所未能顧及的部分,但卻不需非難他的論文綱領。

三、劉勰對滑稽文學表現手法及其目的的認識

　　既然劉勰以順美匡惡、弭違曉惑為諧隱文的最重要功能,那麼,將忠言藏在戲笑之中,使聽諫者不覺得逆耳並樂意接受,就有賴於滑稽手法的運用,漢·劉向在《說苑》中的一段話,最能看出它的重要性,他說:

　　　　夫不諫則危君,固諫則危身。與其危君,寧危身。危身而終

身不用，則諫亦無功矣。智者度君，權時調其緩急，而處其
宜。上不敢危君，下不以危身。故在國而國不危，在身而身
不殆。

劉向指出俳優在進行諷諭，要注意審度情勢、製造機宜，讓勸
諫的忠言恰如其份地出落在緩急合宜的時機上。至於，劉勰對滑稽
表現技法認識，則更趨明確成熟，它們包括「譎辭飾說」的荒誕誇
飾法，「遁辭以隱意」的含蓄暗示法以及「譎譬以指事」的交叉比
喻法，以上三種基本技法的巧妙運用，就構成滑稽的修辭模式，茲
分別說明如後。

所謂「譎辭飾說」的表現模式，係指運用詭變譎詐的假托事例
和經過誇飾渲染的荒誕文辭，藉以旁敲側擊出真正要規諷的內容。
劉勰在〈諧讔〉中徵舉了四個史例，其中三則選自於《史記》的
〈滑稽列傳〉，一則來自於《文選》，他說：

> 昔齊威酗樂，而淳于說甘酒；楚襄讌集，而宋玉賦〈好
> 色〉；意在微諷，有足觀者。及優旃之諷漆城，優孟之諫葬
> 馬，並譎辭飾說，抑止昏暴。是以子長編史，列傳〈滑
> 稽〉，以其辭雖傾回，意歸意正也。

以優孟諫葬馬一例來說，《史記·滑稽列傳》記載：

> 優孟者，故楚之樂人也。長八尺，多辯，常以談笑諷諫。楚
> 莊王之時，有所愛馬，衣以文繡，置之華屋之下，席以露

床，啖以棗脯。馬病肥死，使群臣喪之，欲以棺椁大夫禮葬之。左右爭之，以為不可。王下令曰：「有敢以為諫者，罪至死。」優孟聞之，入殿門，仰天大哭。王驚而問其故。優孟曰：「馬者，王之所愛也，以楚國堂堂之大，何求不得，而以大夫禮葬之，薄，請以人君禮葬之。」王曰：「何如？」對曰：「臣請以雕玉為棺，文梓為椁，梗楓豫章為題湊，發甲卒為穿壙，老弱負土，齊趙陪位於前，韓魏翼衛其後。廟食太牢，奉以萬戶之邑，諸侯聞之，皆知大王賤人而貴馬也！」王曰：「寡人之過，一至此乎！為之奈何？」優孟曰：「請為大王六畜葬之！……」

此處優孟先不表態，他借勢地循著楚莊王要以大夫之禮來葬馬的原意為線索，一步一步地仰賴著誇張、渲染等表現手法，來塑造出葬馬典禮的莊嚴——「齊趙陪位於前、韓魏翼衛其後」，葬馬工程的浩大——「發甲卒為穿壙，老弱負土」，葬馬用品的貴重——「雕玉為棺，文梓為椁，梗楓豫章為題湊」，祭馬資源的豐厚——「廟食太牢，奉以萬戶之邑」，葬馬名目的崇高——「以人君禮葬之！」，這些隆重奢華、聲勢赫赫的假想儀式，一旦和「死者是一匹馬」的事實結合起來對看，再配上優孟聳動聽聞，煞有其事的「入殿門，仰天大哭」的誇張行為，立即造成荒誕不經的形象，惹得楚莊王誤入圈套而啞然失笑，繼而在笑之中，覺悟到以大夫禮葬馬的構想是錯誤的，進而虛心地接受規諫，抑止昏暴。從這則記載中可以發現「夸飾」是滑稽文學的一個重要表現手段，劉勰在〈夸飾〉中認為夸飾的技法促成形象光采煒曄，聲貌岌岌生動，所以能

「發蘊而飛滯，披瞽而駭聾」地達成醒人耳目的審美作用，不過，他又聲明，夸飾在運用時應當有所節制，才能「曠而不溢，奢而無玷」，否則，「夸過其理，則名實兩乖」；然而，在滑稽文學的表現上，「夸飾」就是特定要造成「名實兩乖」的錯誤，以抑止昏昧行為的發生，所以滑稽文學的創作者，是蓄意要「虛用濫形」，要「欲誇其威而飾其事」地違反常情常理，而不是創作技巧上的疏忽。以現代流行的漫畫來說，不論是單幅漫畫，或是四格漫畫，它們的主要表現基礎就是誇張，包括造型誇張、構思誇張、比擬誇張……等，蕭颯在《幽默心理學》中說❼：

> 抓住社會生活中某個人物性格或某種現象的基本特徵，在再創造或實現的過程中有意識地進行一種過份的突出和強調，從而更加鮮明地反映出這些性格或現象的實質，這就是誇張在幽默表達中的作用。……無論誇張的幅度多大，表現如何怪誕不經，只要在情理之中，這種手法所表達的幽默總是能為人所理解的，也總可以引起我們的共鳴。

再回到優孟諫馬的例子上來看，優孟以國君之禮葬馬的構思雖然誇張得遠遠超出於一般禮俗規範的約束，但它畢竟不是毫無頭緒的荒唐謬論，而是有它那含蘊於其中的現實意義與教育精神，這就說明

---

❼　參蕭颯、王文欽、徐智策合著：《幽默心理學》（臺北：智慧大學出版社，1993年2月初版三刷），頁268。

了滑稽文學中的「夸飾」手法，儘管被誇大渲染得匪夷所思，但仍然能「飾窮其要，則心聲鋒起」（〈夸飾〉），「辭雖傾回，意歸義正也。」（〈諧讔〉），類似的例子，劉勰還舉了優旃諷漆城的史例，《史記·滑稽列傳》載錄：

> 優旃者，秦倡侏儒也。善為笑言，然合於大道。……二世立，又欲漆其城。優旃曰：「善！主上雖無言，臣固將請之。漆城，雖於百姓愁費，然佳哉！漆城蕩蕩，寇來不能上；即欲就之，易為漆耳，顧難為蔭室。」於是二世笑之，以其故止。

此處優旃也運用了「詭諧飾說」的表現方式，以談笑風生的輕鬆姿態，假借著秦二世的漆城理路，不動聲色地附會、肯定、讚揚漆城的可能好處，然而由於其好處竟然只是「漆城蕩蕩，寇來不能上！」的荒唐效果，再加上經過夸飾渲染的強調，使得秦二世明白其間的不宜，因而抖開了漆城一事的錯誤真相，打消了漆城這個華而不實的奢侈念頭，而且，秦二世主政時，嬴政的政權已是江河日下，寇盜與反抗軍的災禍，日甚一日，此時國君不亟思補過從善，還想勞民傷財地大事漆城，實在是令人憤慨，然而，當國君失去理智、固執己意時，其錯誤往往不是直諫所可以挽回，所以，身分特殊的俳優侏儒，由於具備某種程度的言論免責權以及耿耿忠厚的愛國情懷，因此搬撮調笑，演弄逗趣，寓莊於諧，勇敢而巧妙地讓秦二世體會到他想漆城的構想是胡作非為，錢鍾書在《管錐篇》

說⓲：

> ……《國語·晉語》二優施謂里克曰：「我優也，言無
> 郵」；《荀子·正論》篇：「今俳優侏儒狎徒詈侮而不鬥
> 者，是豈鉅知見侮之為不辱哉？然而不鬥者，不惡故也。」
> 蓋人言之有罪，而優言之能無罪，所謂「無郵」、「不惡」
> 者是，亦即莎士比亞所謂「無避忌之俳諧弄臣」。意大利古
> 時正稱此類宮廷狎弄之臣曰「優」也。

錢鍾書將優孟諫葬馬的表現手法，視為邏輯學中「充類至盡以明其
誤妄也」的「歸謬法」，這是中國俳優人物的出色成就，他們常常
使用這種可以置人於窘境的邏輯思維方法，即一件事理本來荒謬
的，說話人（如俳優）表面上裝出一副維護它的樣子，並漸進式地
極而言之，使事件本身的荒謬性充分被暴露出來，而達到「談言微
中，亦可以解紛」的功能。類似之例，劉勰還舉了宋玉的〈登徒子
好色賦〉和淳于髡的「甘酒說」，兩例也是循著歸謬法的思維邏
輯，詭譎地加以夸飾，如宋玉誇大登徒子其妻子的醜陋多病和不
潔，但登徒子卻好悅沉迷著她；而宋玉的鄰居東家子美得「著粉則
太白，施朱則太赤，眉如翠羽，肌如白雪，腰如束素，齒如含貝，
嫣然一笑，惑陽城，迷下蔡。」，但「此女登牆闚臣三年，至今未
許」，於是乎，在「因夸以成狀，沿飾而得奇」（〈夸飾〉）成功地

⓲　轉引自韓兆琦主編：《史記賞析集》之〈滑稽列傳〉賞析（成都：巴蜀書
　　社，1988 年 8 月一版），頁 414-415。

攻破登徒子攻擊宋玉好色的讒言。至於淳于髡的「甘酒說」也是假
意附和齊威王長夜飲酒的淫佚宴樂，言在此而意在彼地擴大酒醉歡
場的場面，以諷諫宴飲無度的沉淪與墮落，使齊威王虛心接納他的
微諷，「乃罷長夜之飲」（〈滑稽列傳〉）。

　　總而言之，俳優的滑稽譎諫絕非頭腦簡單的笑鬧耍寶而已，他
們的工作倫理在於以滑稽糾正政治失誤，拐彎抹角地將「不應該如
此」的行為誇大得變形，使它一方面因變形而可笑，另一方面因誇
大而突顯其不對，另一方面，利用變形來包裝修飾它嚴肅的批判理
念，以免受譴者惱羞成怒，拒不納諫，所以滑稽是從「不應該如
此」的事件之中，折射出「應該如此」的正確道理。

　　滑稽文學的中心思想應是嚴正端肅的，但卻常常被作者故意安
排棲隱在嬉笑戲弄之中，而作者本身冷眼旁觀所得的褒貶抑揚，也
不會平鋪直述地展示出來，而是以迂迴影射的間接暗示法表現出
來，劉勰對於這個技法也有犀利的體察，他稱之為「遯辭以隱意，
譎譬以指事」，〈諧讔〉說：

> 讔者，隱也。遯辭以隱意，譎譬以指事也。昔還社求拯于楚
> 師，喻智井而稱麥麴；叔儀乞糧于魯人，歌佩玉而呼庚癸；
> 伍舉刺荊王以大鳥；齊客譏薛公以海魚；莊姬託辭於龍尾，
> 臧文謬書於羊裘；隱語之用，被于紀傳，大者興治濟身，其
> 次弼違曉惑。……自魏代以來，頗非俳優，而君子嘲隱，化
> 為謎語。謎也者，迴互其辭，使昏迷也。或體目文字，或圖
> 像品物，纖巧以弄思，淺察以衒辭，義欲婉而正，辭欲隱而
> 顯。

在這段論述中，劉勰舉出了有別於誇飾的另外兩種滑稽修辭技巧，一種是「遁辭以隱意」的含蓄諱飾法，一種是「譎譬以指事」的交叉比喻法，兩種交互為用，相輔相成，以「義欲婉而正，辭欲隱而顯」為其修辭的最高審美標準，而其目的仍在匡正錯誤、澄清迷惑，《國語·晉語》韋昭注「有秦客廋辭于朝。」云：

> 廋，隱也。謂以隱伏譎詭之言，問於朝也，東方朔曰：非敢
> 詆之，乃與為隱耳。

譬如，《史記·楚世家》伍舉用三年不鳴的大鳥作比喻，隱伏楚莊王的無所作為，原文如下：

> 莊王即位三年，不出號令，日夜為樂，令國中曰：「敢諫者
> 死。」伍舉入諫，曰：「願有進隱。曰：『有鳥在於阜，三
> 年不蜚不鳴，是何鳥也？』。」莊王曰：「三年不蜚，蜚將
> 沖天；三年不鳴，鳴將驚人。舉退矣，吾知之矣。」

這裏伍舉借用猜謎語的遊戲方式來隱藏規諫的本意，他聲東擊西地暗示楚莊王，他那三年掛零的政績好比那隻三年寂寂，不動不鳴的大鳥，不但辜負了與生俱來的才能，同時也讓舉國的百姓大失所望；這個隱語確實成功地啟發了楚莊王，伍舉既不必因諫而死，莊王也預言自己將要一飛沖天，一鳴驚人；而根據現代的社會心理學理論解釋，我們更可以發現「讔語」的隱伏邀藏，具有強烈的暗示效果，能產生強烈的感召作用，使受暗示者避開了認識批評作用的

抗拒和阻攔，欣然地接受暗示者的道德定向，潘智彪在《喜劇心理
學》中說⓳：

> 暗示機制即是人的潛意識活動的機制，因為只有在潛意識的
> 範圍內，才取消認識的批判作用，從而簡單地接受以現成結
> 論為依據的信息。暗示以聯想過程中產生的心理活動的直接
> 影響為基礎。人的高級神經系統暫時聯繫的接通，可以由於
> 多次反複強化而得到鞏固。在這一心理規律的作用下，暗示
> 中刺激的意義和主體的反應之間已經存在著牢固的聯繫。當
> 具體的刺激物——藝術情境出現在欣賞者的視野之中時，欣
> 賞者就會直接地自動地按著情境所指引的方向產生相應的反
> 應。

因此，包括伍舉對楚莊王進言的隱語、《戰國策·齊策》中郭靖君
將築城，齊人以「海大魚」三個字作的隱諷，或是之前所列舉的淳
于髡說旨酒、宋玉的辨好色、優旃的漆城說、優孟的葬馬說，和
《漢書·東方朔》的譎作隱語……等滑稽的創作者，除了運用到誇
飾、譎譬、怪誕等修辭技巧外，他們還布置了一個具有前導作用的
暗示情境，藉著笑聲中的友好意義，觸發了受暗示者的積極情感體
驗，使他接受並同化於暗示者通過語言、行動、表情或某種符號、
暗語所傳達出的道德傾向及行為模式，柏格森說⓴：「最好的暗示

⓳　參潘智彪著：《喜劇心理學》，頁 326。

⓴　〔法〕昂利·伯格森著，徐繼曾譯：《笑——論滑稽的意義》（臺北：商鼎

方法就是逐步把模糊的東西變成分明的東西」所以在上述那些滑稽的史例中，齊王對於淳于髡的「甘酒說」首肯稱善並罷止了長夜之飲，楚王對於宋玉的〈好色賦〉也點頭稱是，並將宋玉留任；秦二世對優旃諷漆城的反應是「二世笑之，以其故止」，楚莊王對優孟諷葬馬的反應是虛心認錯，誠心改善。楚莊王對伍舉所提隱語的反應是「吾知之矣」，靖郭君對齊人所提隱語暗示的理性選擇及對於暗示者的一定信賴。

　　滑稽文學的兼採誇飾張揚和隱遯含蓄等相對互襯的表現技巧，如「義欲婉而正，辭欲隱而顯」，其中的創作原理實際上是與〈隱秀〉的精神一致，尤其是讔體的「遯辭以隱意」更是服膺「隱」的「深文隱蔚，餘味曲包」之旨要，〈隱秀〉說：

> 隱也者，文外之重旨者也；秀也者，篇中之獨拔者也。隱以複意為工，秀以卓絕為巧，斯乃舊章之懿績，才情之嘉會也。夫隱之為體，義主文外，秘響傍通，伏采潛發，譬爻象之變互體，川瀆之韞珠玉也。

又〈神思〉說：「思表纖旨，文外曲致，言所不追，筆固知止。」都可以說明劉勰已經掌握了滑稽文學的審美精華，正在於作者透過隱遯偽飾的表現方式，保留纖旨曲致、複意重旨，提供欣賞者琢磨詮釋的再創造思想空間，因而能借助暗示的心理機制作用，達成創作者抑止昏暴的文學目的。

文化出版社，1992 年初版），頁 38。

　　然而，滑稽文學的含蓄暗示法仍必須因緣於「比喻」的巧妙聯繫，才能達成任務，尤其是謎語之類的文字遊戲，在作者蓄意隱瞞謎底的情況下，讀者更需要作者提供一些相關的線索，「或題目文字，或圖像品物，纖巧以弄思，淺察以衒辭。」譬如荀子的〈蠶賦〉就設計了一系列與蠶的生長變態過程相關的比喻：

> 此夫身女好而頭馬首者與？屢化而不壽者與？善壯而拙老者與？有父母而無牝牡者與？冬伏而夏游，食桑而吐絲，前亂而後治，夏生而惡暑，喜溼而惡雨，蛹以為母，蛾以為父，三俯三起，事乃大已，夫是之謂蠶理。

劉勰以為荀子的〈蠶賦〉已經開創了謎語之類的文學體例，運用了曲折交錯的比喻手法，構造出事物謎語回互昏迷的寫作特徵，至於如何設計比喻，使喻體與喻依「物雖胡越，合則肝膽」（〈比興〉）地切至精采，則要參考〈比興〉的理論：

> 觀夫興之托諭，婉而成章，稱名也小，取類也大……且何謂為比，蓋寫物以附意，颺言以切事者也……夫比之為義，取類不常……或喻於聲，或方於貌，或擬於心，或譬於事。

關於上述那種運用比興譎譬來創作「圖像品物」的事物謎，由於劉勰所舉的「魏文陳思，約而密之，高貴鄉公，博舉品物」等謎語已無可稽考，所以此處試著由之前劉勰所引的「讔語」之例略作說明。《列女辨通傳楚處莊姪》記載莊姪曾利用「婉而成章，稱名也

小，取類也大」的興法，若隱若現地對楚頃襄王打了一個「讔語」：「大魚失水，有龍無尾，牆欲內崩，而王不視。」楚頃襄王無法猜出謎底，於是莊姪乃又運用「寫物以附意，颺言以切事」（〈比興〉）的譬喻法，把他所設計好的謎底貼切而吻合地附著在謎面上，他說：

> 大魚失水者，王離國五百里也，樂之於前，不思禍之起於後也。有龍無尾者，年既四十，無太子也。國無強輔，必且殆也。牆欲內崩，而王不視者，禍亂且成而王不改也。

自然，莊姪的這番隱語，還不能與成熟的謎語體裁相媲美，因為他企圖干預政治的目的太過露骨，致使批判意味蓋過謎語的遊戲趣味，不過，我們已能從中掌握到「遯辭以隱意」和「譎譬以指事」是被所有謎語奉為創作手法的金科玉律。

　　除了事物謎語之外，劉勰也談到了文字謎，即「體目文字」，這類的文字遊戲雅俗共賞，老少咸宜，不論是單獨以文字謎出現，還是被安置在各種文學體裁內，都擁有極為可觀的作品量，而且世代更迭，歷久不衰；它的修辭法主要是運用字形的離合變化、字音的相近雙關和字義的穿鑿附會等製成的謎題，藉以擺出有趣的懸念，讓人各自去思考其所隱藏的謎底，當然，在字形分解、音義比附上，仍然要仰賴譬喻指事的表現要領進行構思。由於多數文字謎（事物謎亦然）都以一種不拘格律、詼諧通俗的韻文形式出現，再加上篇幅精簡，類似詩歌體的規模，所以也有逕稱之為謎詩、字謎詩的，現存字謎詩以南朝 · 劉宋 · 鮑照的作品為最早，如「井」字謎

詩：「二形一體，四支八頭。四八一八，飛泉仰流」**❹**便是其例。

關於隱語、謎語的文學功能，劉勰仍堅持它們要以「振危釋憊」為圭臬，若否，則是「雖有小巧，用乖遠大」，因為他認定「文辭之有諧讔，譬九流之有小說，蓋稗官所采，以廣視聽。」舉例來說，符合劉勰所立標準的讔語如《後漢書・五行志》中收錄有為數不少的諧讔謠諺，如漢獻帝時流行於京都的一首字謎童詩：「千里草，何青青；十日卜，不得生。」它的謎面看似一首離合字形的字謎詩，通俗巧趣，但謎面底下實暗藏著對於董卓干政的怨怒，《後漢書》將它破解為：

> 案：千里草為董，十日卜為卓。凡別字之體，皆從上起，左右離合，無有從下發端者也。今二字如此者，天意若曰：卓自下摩上，以臣陵君也。青青者，暴盛之貌也，不得生者，亦旋破亡。

如此之謎語，當然要比純遊戲、純趣味的猜謎文，來得更曲折神秘。我國滑稽人物和滑稽文學最早就與政治有著密切的關係，無論是史書上所記錄的童謠、鄙諺、謎語、隱文，抑或是歷史上著名的幾位俳優們的言行，在在針對著政府及其管理者的施政品質，進行一種間接的批判與仲裁，然而明主可以理奪，庸君卻是「其過失可微辯，而不可面數也。」（〈禮記・儒行〉）所以，在落實政治糾正目

---

❹ 參徐元選注：《趣味詩三百首》（上海：上海古籍出版社，1993 年 8 月一版），頁 392。

的之前，必須先作技術設計，使君王啟齒一哂，樂意視聽，讓娛樂性掩護批判性；趣味性映帶教化性，於是刺激了滑稽表現手法的脫穎而出。以滑稽代表人物——俳優來說，他們總是扮演得真誠而投入，看來絲毫不假，雖然誇張，但在行動上表現得很勇敢，態度上表現得很真誠，荒謬的是，他愈是真誠、愈是投入，就愈顯出事情的不合理性，這樣刻意設計的錯位安排，突出誇大了乖謬，令人覺得滑稽可笑，而就在四座傾倒悅笑之際，君王們也能在高興之餘，悟出自己的失誤過錯，所以，滑稽的表現技巧是有規律可資遵循的。

劉勰在〈諧讔〉歸納出滑稽文學的三大表現手法，依次是配合暗示心理機制作用而安排的「遁辭以隱意」，它以故弄玄虛的巧妙構思，迂迴地布置出啟人疑竇的有趣懸念，引人各自去思考其所隱伏的弦外之音、話中之話；其二是運用人類思維邏輯的聯想能力，以聲東擊西，張冠李戴的譬喻技法，不即不離地托出本意，即「譎譬以指事」，其三是一切喜劇的共同手法——誇張，劉勰稱之為「譎辭飾說」；由於誇張能增強滑稽文學的熠耀光芒，也能提振觀眾讀者在視聽上的審美刺激，將觀眾、讀者推向一個隨時準備接收意外暗示的興奮狀態，所以說滑稽文學的表現定律，其中必然少不了誇張的修辭法，只不過有的是誇張得縮小，有的是誇張得放大，目的當然也還是致力於在嬉笑詼諧之處，包含絕大文章，一如豐子愷的詩句「常喜小中能見大，還須弦外有餘音。」❷❷

---

❷❷　引自朱光潛：《朱光潛美學文集》第五卷（上海：上海文藝出版社，1989 年4 月一版），頁 116。

四、結語

　　諧讔原屬俗文學的範疇，本質即有濃厚的俚俗趣味性和強烈的民間草根性，劉勰繼承儒家封建教化路線而將之納入雅文學後，「順美匡惡」的道德教化目的和「抑止昏暴」的政治干預就成為訴求的目標，這也是劉勰為「諧讔文學」訂下的創作主旨。

　　滑稽文學自然不是雍容端雅的正宗文學，歷代評論家對它也是褒貶不一，而人們雖然樂於接近它，但往往又把它看做是雕蟲小技的文字遊戲，和嘻嘻哈哈的各式笑話，然而，無可否認的是，滑稽文學確實是擁有極悠久的歷史，極眾多的創作者，產生了門類體式繁複的作品，並且還有難以估算的廣大讀者群，劉勰以其過人的眼光、恢弘的卓識，正式把位處邊陲的滑稽文學納入他的文學體系之中，成為《文心雕龍》「論文」十篇中的末篇，他的用意是：「然文辭之有諧讔，譬九流之有小說，蓋稗官所采，以廣視聽。」他秉持宗經的理念，志在提升滑稽文學的品質，以防滑稽文學可能的自甘下流，所以賦予這個文類一個教化任務，至此，我國的滑稽文學因為政治使命而有了安身之所。

參考書目

一、專書類

〔梁〕劉勰著，范文瀾註：《文心雕龍註》（臺北：明倫出版社，1971 年）

王師更生著：《文心雕龍讀本》（臺北：文史哲出版社，1984 年）

〔波蘭〕羅曼‧英加登著，陳燕谷、曉末譯：《對文學的藝術作品的認識》（臺北：商鼎文化出版社，1991 年）

〔法〕米‧杜夫海納著，韓樹站譯：《審美經驗現象學》（北京：文化藝術出版社，1996 年）

〔美〕蘇珊‧朗格著，劉大基等譯：《情感與形式》（臺北：商鼎文化出版社，1991 年）

黃侃著：《文心雕龍札記》（臺北：新文豐出版公司，1979 年）

《十三經注疏‧周易》（臺北：藝文印書館）

王元化著：《文心雕龍講疏》（臺北：書林出版社，1993 年）

穆克宏、郭丹編著：《魏晉南北朝文論全編》（南京：江蘇教育出版社，1996 年）

黑格爾著，朱孟實譯：《美學》（臺北：里仁書局，1981 年）

勞思光著：《中國哲學史》（香港：香港中文大學崇基學院，1980 年）

楊儒賓、黃俊傑主編：《中國古代思維方式探索》（臺北：正中書局，1996 年）

沈清松著：《現代哲學論衡》（臺北：黎明文化事業公司，1994 年）

任繼愈主編：《中國哲學發展史‧魏晉南北朝》（北京：人民出版社，1988 年）

王淮著：《老子探義》（臺北：臺灣商務印書館，1982 年）

牟宗三著：《才性與玄理》（臺北：臺灣學生書局，1983 年）

劉大杰著：《魏晉思想論》，收錄於《魏晉思想》（臺北：里仁書局，1984 年）

牟宗三編著：《理則學》（臺北：國立編譯館，1990 年）

虞愚著：《因明學》（臺北：新文豐出版公司，1979 年）

劉若愚著，杜國清譯：《中國文學理論》（臺北：聯經出版事業公司，1981 年）

〔古希臘〕亞里斯多德著，姚一葦譯註：《詩學箋註》（臺北：中華書局，1993 年）

〔美〕宇文所安著，王柏華、陶慶梅譯：《中國文論：英譯與評論》（上海：上海社會科學院出版社，2003 年）

〔美〕Ｍ・Ｈ・艾布拉姆斯著，酈稚牛等譯：《鏡與燈——浪漫主義文論及批評傳統》（北京：北京大學出版社，1989 年）

劉思量著：《藝術心理學》（臺北：藝術家出版社，1992 年）

朱立元、張德興著：《現代西方美學流派評述》（上海：上海人民出版社，1988 年）

毛崇杰著：《存在主義美學與現代派藝術》（北京：社會科學文獻出版社，1988 年）

童慶炳著：《文體與文體的創造》（昆明：雲南人民出版社，1999 年）

二、單篇論文類

王曉毅著：〈郭象自生獨化論與有無之辯〉，收錄於《魏晉南北朝文學與思想學術研討會論文集》第四輯，國立成功大學中文系主編（臺北：文津出版社，2001 年）

尤雅姿著：〈文心雕龍之作品結構理論闡微——取徑英加登之現象學文論〉，收於《文心雕龍國際學術研討會論文集》（臺北：文史哲出版社，2000 年）

黃維樑著：〈精雕龍與精製甕——劉勰和「新批評家」對結構的看法〉，收

於《文心同雕集》（成都：成都出版社，1990 年）

牟世金著：〈文心雕龍的總論及其理論體系〉，《中國社會科學》1981 年 2
　　期。

王元化著：〈釋《情采篇》情志說──關於情志：思想與感情的互相滲透〉
　　收錄於氏著：《文心雕龍講疏》，頁 183-187。

蔣凡、羊列榮著：〈劉勰《文心雕龍》與理性主義的理論思辯〉收錄於
　　《《文心雕龍》國際學術研討會論文集》（臺北：文史哲出版社，
　　2000 年），頁 95。

張炳煊著：〈文情說發微三題〉，《武漢大學學報》1993 年 3 期。

黃春貴著：〈文心雕龍‧情采篇句子分析〉，收錄於《文心雕龍國際學術研
　　討會論文集》（臺北：文史哲出版社，2000 年），頁 467-489。

余治平著：〈儒家之性情形而上學〉，《哲學與文化》第 353 期（2003 年 10
　　月），頁 5-6。

附　錄

亦師亦父
——記我的指導教授王更生先生

　　第一次見到老師是在民國七十二年的秋天，那年我廿二歲，剛從中興大學畢業，我們碩士班一年級的同學約有二十來個，分別來自師大、輔大、淡江、文化、中央、中興和高師，此外，還有幾位韓籍、日籍的留學生，那一天，我們仍像往常一樣地興高采烈，大家嘰嘰喳喳說個不停，聚在特別教室準備上「散文研究」的課。

　　事隔多年，記憶猶新，一切彷彿是昨日，閉起眼睛，那樸素幽深的特別教室依舊歷歷在目，它的屋頂挑得老高，右側的窗戶也是巍然修長，窗外是一小畦花圃，扶桑花的周圍，寂寂閒閒地長著可愛的小花小草，和風輕揚，樹影款擺，縷縷的清風，悠悠地飄進了教室，教室的前端是一方長講席，講席的左側是兩扇篤實的棕色大木門，一扇敞開著，我們這一班不知天高地厚的年輕學子正興致高昂地交換資訊、談學論友、各言爾志，好不興奮！鐘聲揚起，老師從容而沉著地踏進了方才還喋喋不休的班級，他身形頎長，約有一七八公分高，樸素乾淨的衣著，手上提著一個簡樸實用的褐色書包，他走到講席前，把書包放好，擡起面來緩緩地端視著我們，這

時，我們也端詳到了老師的面容，長橢圓形的臉上額頭高朗，頭的兩側微露出斑白的短髮，厚實的雙肩緊抿，鼻子很中國，語音很河南，近視眼鏡後的焗焗雙眼，正嚴肅地著瞅著我們這班由五胡十六國組合而成的新生，大伙兒經老師這麼一瞧，個個正襟危坐，收拾放心，心想：哇！這個老師可真嚴肅啊！不過，課程進行中，興會之際，老師也會笑逐顏開，他的笑容很特別，很天真，很開懷，而且搏髀忭笑，竟像是個老頑童，他是望之儼然，即之也溫的老師。

老師從講席上執起粉筆，登上講壇，在黑板右側鄭重地寫上「散文研究」四個大字，他的板書蒼勁剛健，且又姿媚秀逸，令人忻慕；多年後，我自己也忝為人師，雖然書法一直未見改善，但我總是亦步亦趨地法式著老師的板書規模：他的板書秩序井然，行伍分明，雖然筆劃不苟，但卻從容而有效率，他總是自黑板的右側開始寫起，我不曾見他遷就於黑板上最便宜的版面而隨意塗抹，即使造次之間，隨興起意，也必然端肅執筆，按部就班，絕不苟且，此外，他絕不霸佔黑板的中央部分，也不曾見他信手塗鴉，愈描愈黑；我常常在想，在各行各業中，大概只有老師這份神聖的工作需要借助粉筆來傳達訊息；當今傳播工具進步，教學也不一定要靠粉筆，電視教學有電腦字幕、廣播教學有空中聲頻，甚至於幻燈片、投影片、多媒體影片……等等，琳琅滿目，但傳術可以，傳道授業解惑，則未免有隔，比不上耳朵親聆老師發自肺腑的心聲、肉眼目睹老師親手寫下的文字、精神親炙老師的人格氣象來得真誠、深刻，並且能全方位地接受身教與言教的濡染薰陶。

碩士班二年級時，我請老師擔任我的論文指導教授，他不肯，我很迷惑，不知何故？第二次再去請託，老師把頭一別，斬截地說

「不成！」我好沮喪，但又不甘心輕言放棄，回家仔細思量，定要問明老師何以不要指導我；第三次再去請示，老師說「你是一個女孩子，將來總要嫁人的，我費心地指導了你，你也盡心地寫了論文，要是就這樣走進了廚房，豈不是太可惜了嗎？我是希望我指導的學生要能夠繼續深造研究。」我一時辭窮，無言以對，悵然地目送著老師的背影漸行漸遠，一個人愣在健康中心旁的百年印度紫檀樹下，真有「古道，西風，瘦馬，斷腸生在樹下。」的悲涼。

第四次，再鼓足勇氣，到教師休息室去等候老師下課，一路上，我緊緊跟隨，又跟到了那棵百年之齡的印度紫檀樹下，那蒼黑高峻的枝幹上，盡是娟娟可愛的嫩綠色複葉，枝葉豐蔚如蓋，陽光掩映其間，輕風吹來，圓圓的小光點就在地面上相互追逐；今天，我可是有備而來，伺機要見招拆招。老師終於在樹下停了下來，果不出所料，又祭出了不指導女生的擋箭牌，我心中大喜，搬出了準備萬全的說帖進行反制遊說。「老師，如果你不指導是因為我不夠用功，那麼我會更加用功；如果是我天份不夠，那麼我千之百之；可是……如果……你不指導我的原因只是男女性別上的差異，那你要我如何改善呢？難道要變性嗎？而且，女生也很好啊！心思細密、沉著堅毅、有耐心、肯執著，還不必像男生一樣有養家活口的負擔，所以一定更能專心向學。」

老師聽了哈哈大笑，笑得舒泰又天真，他想了想，說：「好，好，說不過你，就這麼辦吧，不過，你可得好好用功哦！」哈哈，鐵漢柔情的典型，被我猜中！我後來年歲漸增，總覺得老師是有意以「不指導女生」來考驗女學生，因為學術研究是一生的志業，他要確認請他指導的學生是否具備了解決困難的智慧，執著奮勉的敏

求精神和不屈不撓的研究特質，他絕不是蓄意為難，要人下不了臺。

　　碩二下學期我結婚了，我知道老師牽掛著我的學業和家庭，這十二年來，每次我去探望他，老師總是諄諄叮嚀：「先生好嗎？婆婆身體好嗎？孩子好嗎？代我向妳先生和婆婆問好。」起初，我只認為老師是周到多禮，客氣地問候，尚不知他別有惕勵和關懷之意，後來才體會到他的一片慈愛心意，他一方面是怕我因了讀書而懈怠了人媳人母的職守，一方面又掛慮著我或者可能受了委屈而不敢講，於是就體貼地起了個話頭，我明白了他的不放心，所以總是攜家帶眷地去探望他。打從孩子們很小的時候，他們就在老師家的客廳茶几下，穿梭來回地爬來爬去，師父和師母一直都很疼愛他們，每次見面，總要執起孩子的小胖手，笑眼瞇瞇地仔細端詳。今年春節，我們去拜望老師，孩子們和老師的小孫女玩得不亦樂乎，大人們在客廳談話，小孩們在旁嬉遊追逐，其樂融融。臨告辭之際，忽然大雨滂沱，我們一家四口擠在雨傘下緩緩地走出了巷子口，我感覺老師好像還在門簷下目送著我們，於是回頭，透過煙水茫茫的雨幕，我看見他揚起手來頻頻向我揮別……

　　三年前，我們搬來臺中，家務工作和兒女教養等事務，因為少了婆婆和媽媽的協助，所以備覺繁重，炎炎烈日，我騎著腳踏車在教室、菜市場、住家、和孩子們的學校之間上課、買菜、作飯、送午餐，肩上是責無旁貸的教學、研究、輔導和家務等沈重的責任，這常使我心力勞悴，怨天尤人，當年老師預言女生會遭逢的研究阻礙一一出現，我在徬徨無助的時候撥電話給老師，向他訴苦，他語氣慈祥，聲調低沈和緩，慎重地向我說了這段話：

「雅姿，記住！一切的學問都離不開生活，生活就是一種磨練，你不經過這種磨練，你的學問不會進步，相信我的話，這些生活的挑戰，會使你的學問更有深度。」

老師就是這樣子，他教訓學生是極其嚴格的，但對學生又是非常的熱情，從學十四年來，我要是做錯了，他就板起面孔來教訓，寫錯了，稿紙上一個大「X」；做對了，他點頭稱是，不吝褒揚。民國八十二年，我到成大發表一篇論文，嘗試從休閒理論探討魏晉名士的遊憩行為，由於論點新建，又是閉門造車，我一直忐忑不安，那天，老師也在會場聽取我的論文提要報告，使得我越發緊張，還好與會學人對我的論文反應熱烈，多所肯定，我才放下那顆七上八下的心。會後，老師笑容滿面地大步前來嘉許，並握手致意，當時，站在那人生地不熟的會場上，我覺得手暖心頭也暖，歡喜地直傻笑著……

老師的為人是開朗的，有情有義的，他看來有時倔強固執，不肯妥協退讓，其實應是堅持原則，忠於理想；他似乎孤傲自是，道貌岸然，但那是他行得直、站得正、自尊自愛的必然氣象，絕不是峻拒他人於千里之外。多年來親奉音旨，常有機會看見他和別人相處，他總是親切熱誠，厚道多義，而且他雖不動聲色，但心裏則是通脫明白、善鑒良察。民國七十六年冬天，他邀我一同上華視的教學節目，拍攝時，老師泰然自若，談笑風生，侃侃暢談著古典文學，而一輪到我接詞的時候，我卻緊張得喉嚨發癢，咳嗽不止，導演喊暫停，一群幕後工作人員迎向前來，有的遞上溫水，有的為我梳髮、敷粉、點脣、整衣，讓我更加侷促不安，待他們各自散去，老師探過頭來低聲說道：「雅姿，別緊張，覺得喉嚨不癢了再開始

拍攝，喝口茶，你只要想著這些人員、這些燈光，還有這麼多機器都要靠著我們師生倆才能把工作給完成，你就不會緊張了！」十年來，我常想起這句話，人一旦察覺到自己原是承受了別人的許多付出和奉獻之後，自然就會兢兢業業，全力以赴，以免耽誤和辜負了別人。從老師的叮嚀中，我明白他體貼到幕後工作人員的辛勞，並且也包容了我的怯場。

民國八十年元月，我們一行十餘人和老師前往大陸，大陸各賣場的售貨小姐普遍都沒有什麼好的服務態度，有幾次，我同老師上街買東西，我留意到老師在結賬時，會客氣地向售貨小姐微笑道謝，而且還寬厚地說：「謝謝，您真和氣！」這句話真神奇，小姐們聽了，都情不自禁地笑了，笑得赧然而歉疚，我從這句客氣話中，感受到老師對待故鄉人的厚道和體諒之情，這原是他生於斯、長於斯，才下眉頭，卻上心頭的山河大地，那些傲慢的小姐們，不是陌生人，而是人不親土親的鄉親！

今年春節，有位學姊遠道來向老師拜年，她剪了一個俏麗的短髮，老師讚美她的新髮型襯托得她神采奕奕，朝氣蓬勃，突然，老師好像想到什麼似地，他轉頭問我：「雅姿，你知不知道我為什麼不留髮嗎？」「我、我以為老師一直是……」老師笑了，「嘿！我年輕時可是有頭髮的嘞！……當時，我在高中教書，有一位同事說，這個在高中教書的老師呀，要是沒有個大學畢業的學歷哪，未免太不夠資格。我聽了，決心要再去進修，隔天就跑去理了個大光頭，發願自誓，這輩子不拿到大學文憑，我，絕不留髮！」「後來呢？老師。」「後來呢，大學也畢業了，我又立志要讀碩士，否則，也絕不留頭髮！」「可是，老師您不是拿到碩士學位了嗎？為

什麼還是不留頭髮呢？」「是啊！這時碩士學位也取得了，我又想讀博士，就這樣，一直都是不留頭髮的，後來也習慣了，覺得簡單樸素就好。」老師若有所思地摸了摸頭笑了笑。

真是教人難以置信，遙想正值盛年的保守老師，竟然會為了鞭策自我不落人後，而鐵了心腸去理個大光頭，足見衝擊之深和意志之堅，想當時，老師該要忍受多少同校師生詫異的探詢眼光和私下的議論與指指點點；雖然，我也像老師一樣有著不服輸的硬脾氣，但要剃頭明志，我還不能有此種臥薪嘗膽的堅忍意志和破釜沉舟的果斷勇氣。此時看老師眉目寬舒，說得雲淡風輕，我明白他早就包容了那位出言不遜的同事，甚至還奉不屑之言為訓誡，或許，這就是老師把書房命名為「退思齋」的用意吧！

在中文系所求學的十一年中，我遇到了不少好的老師，其中最殷殷切切，提攜愛護我的老師有三位，一位是杜松柏老師，他循循善誘，鼓勵我力爭上游；一位是王仁祿老師，他信任我、賞識我、並肯拔擢我；再來就是擔任我碩博士論文指導教授七年的師父－王更生先生，總是嚴而有慈地督導我、鞭策我。我常常在想，對於一個出身鹿港農家的女孩來說，假使缺少了其中任何一位老師的啟誨栽培，我可能一生都無從親霑到學術的深奧甘美，也無法開發登高望遠的潛能。在這三位老師中，我從師父那裏學習到的算是最多，因為他肯拉下臉來督導我、責備我、磨練我，使我不敢放肆、不敢懈怠也不敢疏忽，他對事務計畫周詳、對學生的指導親力親為、對研究鞠躬盡瘁，對是非澄澈明白，對家國民族胸懷大愛，對時間則不知老之將至地悠然自得，身教與言教並重，這就是我們的老師，我以做他的學生為榮為傲。老師的身旁有秀外慧中的師母相伴，師

母的話語溫柔明達，為人端雅大方，他們兩人坐在一起，師父若是朝陽軒軒，師母就是惠風和暢，他們真是很登對的夫妻生命共同體，令人羨慕不已。

我有時也會思念他們，這時就會拿起電話來一敘孺慕之情，電話響了，是老師的河南國語：

「喂。」

「老師，我是雅姿。」

「唎，雅姿啊，怎麼了，好久不見哪！妳都好吧！」

「好。」

「嗯……先生好吧，孩子好吧，工作都好吧？」

「好。」

「最近讀了些什麼書？有沒有寫些什麼東西啊！？」

瞧，這就是我們亦師亦父的老師，他已從心所欲而不踰矩，但可不容許你蹉跎了生命，懈怠了職守；因為一日為師，終身為父，他就是不肯放棄對你的督導與愛護。

後記：民國九十九年七月二十四日晚上，我獲悉老師臥病住院，第二天急忙前去探視，一進病房，看見老師已孱弱地昏迷著，我止不住傷心的哭了，師母說：「不要哭，老師擔心同學們大熱天裡奔波，都不讓知道……我會好好保重自己，妳就先回去吧……老師也不會起來跟你說話了。」老師不跟我說話，當了他二十七年的學生，老師從來都不會不跟我說話，即使犯錯惹他生氣了，他也要用河南國語來訓我話……七月三十日下午結束了試務工作後，我再前往醫院探視，大雨滂沱，雷聲隆隆，車行經過和平東路的巷子

口，雨幕茫茫，大樹下轉進去就是老師家了，……我想起過去他揮手向我道別的情景。九月五日在師大的茄苳樹下，我們象徵性地讓春風化雨四十載的老師偃息於此，跫音已遠，鐸聲未息。我再次走到印度紫檀樹下，初秋的陽光施施然自葉片之間散布於地，當年老師燦爛的笑顏如今卻令我落淚，他雖不是我的父親，卻跟我父親一樣期盼我成器，而且把我在學術上的努力和成績放進他的內心中歡喜珍藏。

尤雅姿 寫於 1998 年仲夏

2010 年初秋後記

國家圖書館出版品預行編目資料

文心雕龍文藝哲學新論

尤雅姿著. – 初版. – 臺北市：臺灣學生，2010.12
面；公分

ISBN 978-957-15-1514-4 (平裝)

1. 文心雕龍 2. 研究考訂

820   99025970

文心雕龍文藝哲學新論 (全一冊)

著　作　者：尤　　　　雅　　　　姿
出　版　者：臺 灣 學 生 書 局 有 限 公 司
發　行　人：楊　　　　雲　　　　龍
發　行　所：臺 灣 學 生 書 局 有 限 公 司
　　　　　　臺北市和平東路一段七十五巷十一號
　　　　　　郵 政 劃 撥 帳 號：0 0 0 2 4 6 6 8
　　　　　　電　話　：（0 2）2 3 9 2 8 1 8 5
　　　　　　傳　眞　：（0 2）2 3 9 2 8 1 0 5
　　　　　　E-mail：student.book@msa.hinet.net
　　　　　　http：//www.studentbooks.com.tw
本 書 局 登
記 證 字 號：行政院新聞局局版北市業字第玖捌壹號
印　刷　所：長 欣 印 刷 企 業 社
　　　　　　中 和 市 永 和 路 三 六 三 巷 四 二 號
　　　　　　電　話　：（0 2）2 2 2 6 8 8 5 3

定價：平裝新臺幣二五○元

西 元 二 ○ 一 ○ 年 十 二 月 初 版